अनुराग

मनसुख

एक गाथा शिक्षा और संघर्ष की

EPILOGUE

प्रस्तावना

एक नुमाइश है उस दौर की जहाँ इम्तिहान और आराम दोनों ही अपनी-अपनी गुमठी (दुकान) सजाए बैठे हैं। इनमें कहाँ से खरीददारी करनी है, इसका अधिकार ग्राहक के पास सुरक्षित है। बस हाँ और ना के द्विआधारी सफ़र-नुमा निश्चय को पार करना है और वस्तु आपकी। इस निर्णय में हामी भरना तो सहज है किन्तु शून्य और एक से भिन्न परिणामों के समक्ष खुदको सँजोय रखना बेहद मुश्किल।
जीवन के हर एक मुक़ाम पर यही निश्चय पैरों के निशान और आगे की पगडंडी निश्चित करता है। परिणामों के प्रकार भिन्न हो सकते हैं, किन्तु अपवाद की प्रवत्ति आम नहीं हो सकती। संघर्ष सदा से ही परिश्रमी के लिए पारितोषिक की सौगात लाता रहा है। यह धारक का मत है की वह अपनी इंद्रियों को किस ओर मोड़ता है। संघर्ष का वरण उन सभी इच्छाओं और उस द्विआधारी विकल्प का दमन है जो ग्राहक के पास खरीद से पहले सुरक्षित थे। इस निर्णय के पश्चात प्रारंभ होता है एक नवीन कालखंड का, जहाँ मेहनत की लेखनी से उन्नति के उपन्यास लिखे जाते हैं। इस दुर्गम से सफ़र में अर्धांगिनी का साथ होता है शिक्षा का और संग्राम की रणभूमि में जीव को चलाए रखती ही उसकी लगन। लगन कुछ कर गुजरने की, खुदको भूलकर अपनों की झोलियों में रंग भरने की।

ऐसी ही एक कहानी है मवई के एक खेतिहर किसान की। अपनों के वर्तमान को भूत के अंधकार से उबारने की एक बेहद सहज और सम्मानीय गाथा। प्रतिकूल परिस्थितियों से पार पा कर हर एक हासिल गनतव्य को अपना बनाने का एक प्रयास। यह वर्णन है जीवन के मुश्किल तरिन हालातों का और उनमें भी मुस्कुराने का।

EPILOGUE

पीढ़ी दर पीढ़ी उस रुधिर के रिशाव का जो संस्कारों के विटप को सींचता है। यह वृतांत है यथार्थ से समर कराने का और नियति को अपना बनाने का। यह गाथा है शिक्षा और संघर्ष की। यह गाथा है मनसुख की।

अभिस्वीकृति

कृतज्ञता का भाव महज औपचारिकता की अभिव्यक्ति नहीं हो सकता। यह भाव है स्वीकार्यता का, आदर का, आभार का। कृतघ्न-हीनता के विपरीत यह भाव है स्वयं की हस्ती को अपनों मे ढूँढने का। सदा दोहराने का "मैं जो कुछ भी हूँ आपसे हूँ, अन्यथा खुद में मैं कुछ भी नहीं"।

इसी बात को ज़हन में रखते हुए मैं आभार प्रकट करता हूँ आदरणीय दादा जी और दादी जी का, अपने माता-पिता का और समस्त परिजनों का जिनके आशीर्वाद से मैं इस मुक़ाम तक पहुँच पाया। आपके अमूल्य सहयोग के समक्ष मैं सदा नतमस्तक रहूँगा।
साथ ही साथ मैं सदा उन सभी गुरुजनों और शिक्षकों का ऋणी रहूँगा जिन्होंने मुझे इस योग्य बनाया की मैं निष्ठा और अनुशासन के साथ इस रचना को मूर्त रूप प्रदान कर पाया। मैं अपने मित्रों और सहपाठियों का भी अभिवादन करता हूँ जिन्होंने इस प्रक्रिया के प्रत्येक पड़ाव पर मेरा साथ दिया और इस पुस्तक के प्रकाशन में सहयोग किया।

अंत में धन्यवाद उन सभी दृष्य-अदृश्य व्यक्ति, वस्तु और कारणों का जिन्होंने जाने-अनजाने मेरी इस कृति में अपना योगदान दिया।
धन्यवाद।

EPILOGUE

विषय-सूची

EPILOGUE

जन्म

12 जनवरी 1952

संध्या का पहर। सूरज अंधकार की चादर ओढ़ चुका था और कोहरा धीरे-धीरे अपना पर्चम लहरा रहा था। जाड़ा अपने चरम पर था। दिन की हलचल कम हुई और रात का सन्नाटा अपने पैर पसारने लगा। पर इस सन्नाटे में एक घर ऐसा था जहां लोगों का जमघट लगा हुआ था। यह भीड़ इस सुनसान माहौल को नजरंदाज करते हुए आने वाले उस शोर को सुनने के लिए उत्सुक थी जो एक शिशु के जन्म के समय होता है।

यह घर था उत्तर प्रदेश के झांसी जिले के एक छोटे से गांव मवई में रहने वाले वंशी लाल जी का। वैसे तो मवई उनका ननिहाल था, पर क्योंकि उनका जन्म मवई में ही हुआ था, वह इसे ही अपना पैतृक गांव मानते थे।

वंशी जी की पत्नी पुत्तो बाई के गर्भ का यह नौवां मास था। औरतें प्रसव करने की तैयारी कर चुकी थी और शिशु के जनन की बाट देख रही थी। पीड़ा के मारे पुत्तो बाई की देह जल रही थी परंतु ममत्व की अभिलाषा उसे शीतल कर उन्हें शक्ति प्रदान कर रही थी। इंतजार खत्म हुआ और वंशी जी के घर में पहली बार किलकारियों की गूंज सुनाई दी। पुत्तो बाई के लिए यह नौ महीने किसी तपस्या से कम नहीं थे। वहीं दूसरी ओर वंशी जी भी इस क्षण की प्रतीक्षा ऐसे कर रहे थे, जैसे कोई किसान खेत में बोए हुए बीजों के अंकुरित होने का करता है। जैसे बीज का अंकुरित होना किसान की सारी व्यथाओं को नष्ट कर देता है, ठीक वैसे ही शिशु का जन्म उसके माता-पिता की सभी चिंताओं को दूर कर देता है। पुत्तो बाई ने एक पुत्र को जन्म

दिया जिसका नाम मनसुख रखा गया। हल्का सावला रंग। गोल मुख। और आंखों की चमक मानो सूरज को चुनौती देती हो।
मनसुख ने पिता के ही समान छवि पाई थी। शरीर की एकरूपता तो जननिक थी लेकिन उसके भावों-विचारों पर भी वंशी जी के व्यवहार की मुहर लग चुकी थी। बढ़ती उम्र के साथ रूप में भौतिक परिवर्तन भले ही आते गए, किंतु समय का यह चक्र वृद्धावस्था तक भी मनसुख की आंखो के तेज को कम ना कर सका।

वंशी जी घर में खुशियों का आगमन केवल यहीं तक नहीं था। अगले कुछ वर्षों में पुत्तो बाई ने दो और पुत्रों को जन्म दिया। दोनों को क्रमशः तुलसी और गणेश की संज्ञा से नवाज़ा गया नवाज़ा गया।

बचपन की स्मृतियाँ

वैसे तो वंशी जी कोई बड़े जमींदार या सरकारी बाबू नहीं थे परंतु औरों की तरह उनका घर कभी संतोष और खुशियों से खाली नहीं रहा। यह सब उनके सरल व्यवहार का परिणाम था। यूं तो वंशी जी कोई बड़ी हस्ती नहीं थे, पर उनके स्वभाव के कारण वे अक्सर आम लोगों में चर्चा का विषय बन जाते थे। इसी तरह का चरित्र मनसुख का भी था। उसकी बातें सुन कोई भी आसानी से कह सकता था कि यह वंशी जी का ही खून है। पिता की ही तरह ईमानदार, मेहनती और सरल स्वभाव का धनी। लोग तो कहते हैं कि पिता से एक-दो गुण ज्यादा ही होंगे।

सभी के जैसे मनसुख का बचपन भी खेल-कूद और मौज-मस्ती में गुज़रा। वंशी जी के साथ खेत में मेहनत मशक्कत करना भी उसे बहुत भाता। पर जो बात उसे दूसरे बच्चों से आगे रखती थी, वह थी उसकी सीखने की रफ्तार। पिता कोई भी काम करे, दो से तीन बार देखते ही उनकी नकल करने लगता।

मनसुख की इसी रुचि पर विश्वास दिखते हुए वंशी जी ने उसका दाखिला पास के गांव बिजना के एक प्राथमिक विद्यालय में करवा दिया। उसी राह पर चलते हुए उसके छोटे भाई भी उसके साथ उसी विद्यालय में जाने लगे। वहां मनसुख ने पांचवी तक की शिक्षा अर्जित की।

छठी और सातवी की पढ़ाई के लिए मनसुख को मवई से बीस कि.मी. की दूरी पर बसे उल्दन जाना पड़ा। उल्दन उस समय मवई का थाना छेत्र भी हुआ करता था। उल्दन जाने का मुख्य कारण था आस पास के गांवों में स्कूलों का अभाव। इसी अभाव के चलते बिजना में भी पांचवी तक ही कक्षाएं चलती थीं। जब तक मनसुख

सातवीं पूरी करता तब तक बिजना के किले में आठवीं तक की पढ़ाई शुरू होने को थी। घर नज़दीक होने पर मनसुख ने बिजना में पुनः दाखिला करवा लिया।
यही वह दौर था जब मनसुख ने कठिनाइयों का सामना करना सीखा था। हुआ यों कि वंशी जी लकवे के शिकार हो गए। उनकी दिनचर्या एक खटिया तक सीमित रह गई थी। परिस्थितियों की मांग के अनुसार मनसुख ने हल हांकना शुरू कर दिया था। पिता के इलाज़ के लिए उससे जितना बनता वह करता। इसी खोज बीन के दौरान उसे मालूम हुआ कि तोड़ी-फतेहपुर में एक डॉक्टर हैं जो लकवे का अचूक इलाज़ करते हैं। उनके इलाज़ से यह साफ़ हो गया की आख़िर क्यों उनकी वैद्यविधा के गुणगान लोग गाते हैं। वंशी जी की स्तिथि में सुधार आने लगा। उनका जीवन पुनः पटरी पर लौट आया। मनसुख ने शिक्षा की ओर फिर से रुख किया।
पढ़ाई में मनसुख को कोई भी हाथ न पाता था। ना उसके भाई ना ही गांव का कोई अन्य विद्यार्थी। चंचल मन के साथ तेज बुद्धि उसके चरित्र में चार चाँद लगाते थे।

मनसुख की पढ़ाई में रुचि देख वंशी जी खूब प्रसन्न होते। पुत्र के प्रदर्शन से गांव में उनकी शान बढ़ चुकी थी। उसकी लगन वंशी जी को खेत में अधिक परिश्रम करने के लिए प्रेरित करती। अधिक आमदनी ना होने के बावजूद भी वे बच्चों की शिक्षा के लिए कोई व्यय करने से पहले ज़रा भी विचार न करते थे।

उनका मानना था कि अच्छी शिक्षा हर बच्चे का अधिकार है। शिक्षा ही वह अस्त्र है जिसकी सहायता से कोई व्यक्ति अपने परिवार, गांव और देश की स्तिथि में सुधार ला सकता है। वह जब भी लोगों के बीच बैठते तो शिक्षा की महत्वता पर सदैव ज़ोर देते। वंशी जी की

आने वाली पीढ़ियों ने भी शिक्षा के महत्व को कभी कम नहीं होने दिया।

कुछ ऐसे ही विचार पुत्तो बाई के भी थे। वह परिश्रमी स्त्री थी। प्रेमपूर्ण व्यवहार और एक कुशल गृहिणी। बच्चों के लिए जितनी ममता और प्रेम पति के लिए उतनी ही सेवा और समर्पण। मोहल्ले भर की सासों के लिए एक आदर्श बहु थी पुत्तो बाई। और हो भी क्यों नहीं, सभी के लिए आदर-प्रेम, मदद करने को तत्पर और हसमुख स्वभाव। उसकी ही कृपा थी कि वंशी जी घर गृहस्थी की चिंताओं से मुक्त रहते थे और अपने काम में मन लगा पाते थे, वरना भला आज के युग में कौन स्त्री अपने पति को रोज़ चार बाते न सुनाती। गांव के शादीसुदा लोग अक्सर बच्चों से दिल्लगी करते हुए कहते हैं, "बेटा जीवन में कैसी भी कोई भी भूल करना, पर भूल कर भी शादी करने की भूल ना करना।" अब वह लोग दिल्लगी करते हैं या अपने मन की भड़ास निकालते हैं यह तो वही जाने।

परीक्षा की घड़ी

घर की स्तिथि कैसी भी हो, लोग चाहे जो भी बातें करे परंतु मनसुख का मन नहीं भटकता था। वह अपना ध्यान पढ़ाई पर केंद्रित करता। उसे यह बात भली-भांति ज्ञात थी कि यदि वह अपने परिवार की समस्याओं को हल करना चाहता है तो उसे कठिन परिश्रम करना ही होगा। अब ज़मीन-ज़ायदाद तो बहुत थी नहीं तो और क्या ही रास्ता बचता था मनसुख के पास। मेहनत की राह पर आगे बढ़ना ही एकमात्र विकल्प था।

मनसुख अब तक अपने कौशल का प्रमाण देता आया था। पर अब बारी थी असली परीक्षा की। फरवरी आधी बीत चुकी थी और बोर्ड परीक्षा ने मनसुख के मस्तिष्क के द्वार पर दस्तक देना शुरू कर दिया था। मनसुख आठवी कक्षा में था। अब उसे उम्मीदों का भार महसूस होने लगा था। पर आशाएँ सिर्फ़ उसके शैक्षणिक प्रदर्शन से नहीं थी। कागज़ पर छपी दवाद से भला घर थोड़ी चलता है। आखिर पेट पालने के लिए कुछ कमाना भी तो ज़रूरी है।

14 वर्ष की आयु में ही उसकी सेहत किसी वयस्क से कम नहीं आँकी जा सकती थी। 6 फुट के करीब लंबाई। मजबूत भुजाएं और मेहनत की आग में पका बदन। खेतों का परिश्रम किसी अखाड़े से कम नहीं होता। किसानों का शरीर भले दुबला नज़र आए पर जान किसी पहलवान के बराबर होती है।

परीक्षाएं समाप्त हुई और परिणाम का इंतजार शुरू हो गया। सब अपने काम धंधे में लग गए। अब ग्रामीण क्षेत्र के युवकों के लिए थोड़े ही आराम और मस्ती का अविष्कार हुआ है। मनसुख भी घर के कामों में हाथ बटाने लगा। दिन में खेत पर वंशी जी के साथ मेहनत

करता और दिन ढलने पर उनसे पहले घर पहुंच कर पुत्तो बाई की घर के कामों में मदद करता। ईंधन के लिए लकड़ी फाड़ना उसकी शाम की सारणी में था।

परीक्षा के परिणाम घोषित कर दिए गए। प्रतीक्षा अब समाप्त हो गई थी। पर इस दिन का इंतजार सिर्फ मनसुख और उसके परिवार को ही नहीं बल्कि पूरे मोहल्ले को था। उसकी प्रतापी बुध्दि से अपरिचित व्यक्ति ढूंढे न मिलता था। मनसुख ने प्रथम श्रेणी में परीक्षा उत्तीर्ण की। विद्यालय में दूसरा और गांव में पहला स्थान प्राप्त कर मनसुख ने साबित कर दिया कि शिक्षा के क्षेत्र में क्यों उसे गांव के सभी विद्यार्थियों से बेहतर माना जाता है।

पुलिस की दौड़

स्कूलों में पांचवी कक्षा तक हिंदी, संस्कृत और गणित ही पढ़ाई जाती थी। पाठ्यक्रम के नाम पर इन्ही तीन विषयों की पुस्तकें विद्यार्थियों के बस्ते में होती थी। छठवी से अंग्रेजी, विज्ञान और सामाजिक भी बस्तों में अपनी जगह बना लेते थे। शिक्षा की लहर तब इतनी प्रभावी नहीं थी कि इसके विविध आयामों का ज्ञान लोगों तक पहुंच सके। उनके ज्ञान की सीमा के अंतर्गत केवल विज्ञान और कला ही आते थे। इनमें विज्ञान का महत्व कला के मुकाबले कहीं ज्यादा था। यदि कमल और कीचड़ का उदाहरण ले तो विज्ञान लोगों के लिए कला के कीचड़ में उगे कमल के समान थी। शिक्षित लोग भी कला की पढ़ाई को बेकार समझते थे।

आठवी के बाद आगे की पढ़ाई के लिए उल्दन एक मात्र संभव विकल्प था। उल्दन में विज्ञान ने अब तक दस्तक नहीं दी थी। कला के ज्ञान ने अपना परचम लहरा रखा था। तीन अध्यापकों वाले उस स्कूल में विज्ञान का न होना उसकी एक बड़ी कमी थी।

उस समय मसलती बाबू की गिनती गांव के गिने-चुने शिक्षित लोगों में होती थी। शिक्षा से संबंधित विषय पर उनकी राय लेना एक आवश्यक पड़ाव के जैसा था। मनसुख भी उनके अनुभव का लाभ लेना चाहता था।

आगे की पढ़ाई के बारे में बात करते हुए मसलती बाबू ने एक ऐसी बात कह डाली जिसने मानो मनसुख का विद्यार्थी जीवन का अंत कर दिया।

"बिना साइंस के पढ़ाई तो बेकार आ है। आर्ट को तो कौनऊ मतलब नैया।" मसलती बाबू ने सरल किंतु आश्वाशित स्वर में कहा था। उनके अनुसार उन्होंने मनसुख को एक सार्वभौमिक सत्य से अवगत कराया था। मनसुख ने मसलती बाबू की बात सुन शिक्षा की नाव से

उतरने का निर्णय कर लिया था। वह जीवन के संघर्ष और कठिनाइयों से भरे सागर को तैर कर पार करने का विचार करने लगा था। उसकी सफलता अब इस बात पर निर्भर थी कि उसकी भूमि उसका कितना साथ देती है।

मनसुख का एक मित्र झांसी में पढ़ाई करता था। सब उसको 'डाक्टर' कह कर संबोधित करते थे। वह जब भी गांव आता मनसुख उसके साथ जितना हो सके उतना समय बिताने की कोशिश करता था। वह मनसुख को शहर के हालचाल सुनाता और देश दुनिया से जुड़ी तमाम जानकारी देता।
परिवर्तन का दौर था। कुदरत से लेकर इंसान की हसरत, सब में बदलाव आ रहा था। तभी पुलिस विभाग में जगह निकाली गई थी। डाक्टर इसी की जानकारी लेकर एक बार फिर गांव पहुंचा। योग्यता और सम्पूर्ण प्रक्रिया की जानकारी लेकर वह मनसुख के समक्ष अमर उजाला के जॉब अलर्ट[1] की भांति प्रस्तुत हुआ।

मनसुख की दम तोड़ चुकी उम्मीदों को नया जीवन मिल गया। उसके अंदर उत्साह की लहर दौड़ गई। उसकी आंखों में यह उत्सुकता स्पष्ट दिखाई दे रही थी। उसकी प्रसन्नता से लगता था जैसे वह सदियों से इस घड़ी की प्रतीक्षा कर रहा हो। अब किसी के मन की भला राम को छोड़ कौन जाने।

"बब्बा पुलिस की भर्ती निकरी और झाँसी जाने आए ऊके लाने।" मनसुख ने प्रफुल्लित स्वर में वंशी जी की ओर देख कर कहा।

---

[1] अमर उजाला देश का एक जाना माना अखबार है जिसके जॉब अलर्ट सेक्शन में तमाम सरकारी विभागों में उपलब्ध रिक्त पदों से जुड़ी जानकारी प्रदान की जाती है।

वंशी जी उन दिनों तक बढ़ती आयु के साथ आने वाली समस्याओं से परिचित हो चुके थे। मनसुख भी यह बात भली भांति जनता था। उनका लकवा फिर से उनकी परेशानी का सबब बन रह था। मज़बूत बलिष्ठ देह उम्र के साथ घुलती जा रही थी। मुख की चमक धूमिल होती जाती थी।

सहसा खाट पर लेटे एक दुबले-पतले शरीर वाला जीव मलिन स्वर में बोला, "बेटा जा बौनी डरी सो जा और हो जान दो। पानी बरस जाए फिर निपटा कै चले जइयो। तुम देख तौ रए का हालत है। हमाए बस की तौ अब है नईयां। बताओ डाक्टर तुमई बताओ, जन्मभूमि आए। ईए छोड़ तौ सकत नईयां। बेटा हमतौ कत कै जाओ खूब तरक्की करौ लेकिन भूमि कौ नई छोड़ो जात। रोक नई रए बस जा बौनी निपटा जाओ फिर चले जाइयो।"

मनसुख के मन में निराशा का एक ज्वार उठा जरूर लेकिन उसने जल्द ही खुदको संभाल लिया। परिस्थितियों को आँकते हुए मनसुख को वंशी जी की बात तनिक भी गलत नज़र नहीं आती थी।

मनसुख और डाक्टर ने वंशी जी की बात को समझते हुए झाँसी जाने के विचार को विराम देने का निर्णय किया परंतु दोनों इस बात से अज्ञात थे कि इस विराम का समयकाल शायद मनसुख के सम्पूर्ण जीवन से ज़्यादा है।

तीनों पुत्रों की पढ़ाई का खर्चा उठाना अब वंशी जी के बस की बात नहीं रह गई थी। बिगड़ती तबियत के साथ उनके भविष्य की चिंता आग में घी का काम कर रही थी। मनसुख पिता की मनोस्तिथि से अनभिज्ञ नहीं था। उनके ऊहापोह को कम करने की मंशा से उसने स्कूल से नाता तोड़ लिया। निर्णय आसान नहीं था, किंतु परिजनों की खुशी के यज्ञ में यह आहुति देना आवश्यक था। यह उन क्षणों में से एक था जिसमें उसने पहली बार त्याग भावना की अनुभूति की थी।

डाक्टर कुछ एक दिन गांव में बिता कर झाँसी लौट गया और मनसुख गांव के अन्य किसानों की भांति वर्षा की राह देखने लगा।

विवाह का दिन

कहते हैं किस्मत बहादुरों का साथ देती है। तो क्या मनसुख बहादुर ना था? क्या उसकी लगन में कोई कमी थी? क्या उसके चरित्र में ईमानदारी ना थी? क्या वह निष्ठावान ना था? तो फिर ऐसी क्या चूक हुई जो वह अपने लक्ष्य को हासिल ना कर सका? उसकी कौन-सी गलती ने उसे सफलता से वंचित रखा? शायद इन प्रश्नों का उत्तर किसी के पास ना था, वरना मनसुख पता लगा कर ही दम लेता।

इस असफलता ने मनसुख को निराश तो किया पर उसके आत्मविश्वास और कुछ कर गुजरने के जुनून पर जरा भी आँच ना आई।

वंशी जी अब खेती उसके हाथों में सौंप चुके थे। खेती-किसानी का अधिक अनुभव तो उसे न था लेकिन पिता की मदद करने के दौरान उसने काफी कुछ सीख लिया था। किस मौसम में कौनसी सी फसल उगानी है। कब बीज बोना है। फसल को पानी देने का सही समय क्या है। कब फसल कटने लायक हो जाती है। खेती से जुड़ी ऐसी और कई बातें उसने वंशी जी से जानी थीं। मनसुख ने खेती का जिम्मा अपने कंधों पर ले लिया। बीज बोने से लेकर, पानी देने और कटाई करने में, वह हमेशा वंशी जी की सलाह लेता। खेती के बहाने उसे अब अपने पिता से बात करने का अधिक मौका मिलता। शायद यही वो कारण रहा हो जिसके चलते उसने इसे इतने संतोष और सम्मान के साथ स्वीकार कर लिया।

वंशी जी का बोझ तो मनसुख ने कम कर दिया था, पर अब पुत्तो बाई की जगह भी तो किसी को लेनी थी। आखिर बढ़ती उम्र का असर तो सभी पर होता है। सब माताओं के जैसे पुत्तो बाई भी अपनी बहु के आने का बेसबरी से इंतजार कर रही थी। मनसुख के आठवीं उत्तीर्ण करने के बाद से वंशी जी और पुत्तो बाई से लोग उसके विवाह की चर्चा करने लगे थे। पहले की स्तिथि को देखते हुए दोनों ने शायद ही किसी के बताए परिवार के बारे में ध्यान दिया हो। पर अब घर में बहु की कमी दोनों को महसूस होने लगी थी। अब वंशी जी जब भी लोगों के बीच बैठते, मनसुख के विवाह की चर्चा अवश्य करते। ईश्वर ने भी वंशी जी और पुत्तो बाई को अधिक प्रतीक्षा न करवाई और उनकी चिंता को जल्दी की विराम दे दिया। अच्छे घर की खोज अब समाप्त हो चुकी थी। ये खोज समाप्त हुई मवई से लगभग 42 कि.मी. दूर टीकमगढ़ जिले के भमौरा गांव में जोकि मध्य प्रदेश का हिस्सा है। रिश्ता था जनुप्रसाद जी की सबसे बड़ी बेटी खुमनी का। जनुप्रसाद जी की पत्नि सरजू बाई सात बच्चों को जन्म दे चुकी थीं। तीन बेटी और चार बेटे।

खुमनी का कद छोटा और रंग गोरा था। हल्की जर्द सी आँखें उसकी सुंदरता में चार-चाँद लगाती थीं। बड़ी होने के कारण वह घर के कामों में अपनी माँ का हाथ बटाती थी। खुमनी ने स्कूल में भी समय बिताया था जोकि उन दिनों कोई आम बात न थी। खुमनी ने अपनी शैक्षिण योग्यता का कोई खास प्रमाण तो न दिया था किंतु वह हिंदी

पढ़ना भली-भांति जानती थी। वसीट[2] ने खुमनी के चरित्र का वर्णन करते हुए वंशी जी और पुत्तो बाई को बताया।

माँ का हाथ बटाते-बटाते खुमनी ने अपने भीतर एक कुशल गृहिणी के सारे गुण विकसित कर लिए थे। यदि कोई कसर रह गई थी तो वह थी 'अपने घर' की, भला माता-पिता का घर बेटी का अपना थोड़े ही होता है। और फिर कोई लड़की अपने मायके में कितने ही अच्छे से घर के सारे काम क्यों ना कर ले पर ससुराल जाए बिना उसे 'गृहिणी' की उपाधि कैसे मिल सकती है।

दोनों पक्षों ने विवाह के लिए स्वीकृति प्रदान की और विवाह का मुहूर्त तय हुआ। वसीट के दिए ब्यौरे के आधार पर ही दोनों पक्षों ने हामी भरी थी क्योंकि तब किसी को सरकारी दफ़्तर में कार्यरत दामाद की इच्छा न होती थी और बहुओं की शैक्षणिक योग्यताओं पर तो आज भी शायद ही गौर फरमाया जाता हो। हां, पर दामाद सरकारी नौकरी वाला हो तो बहुत किस्मत की बात मानी जाती थी।

---

[2] **वसीट विवाह में दोनों पक्षों के बीच का माध्यम होता था। लड़के-लड़की को देखना, उनके गुणों का ब्यौरा देना और दोनों परिवारों का मेल-मिलाप करवाने का काम वसीट का हुआ करता था। दोनों पक्ष वसीट की जानकारी के आधार पर ही विवाह के लिए 'हां' या 'ना' कहते थे। ये कहना भी गलत न होगा कि उन दिनों जोड़ी भगवान नहीं वसीट बनाता था।**

विवाह की तैयारियाँ शुरू हो गई। विवाह से एक-एक दो-दो सप्ताह पहले रिश्तेदार आ जाया करते थे। मामी, बुआ, मौसी घर और रसोई के कामों को पूरा करती और पुरुष वर्ग विवाह से जुड़ी अन्य तैयारियों में लग जाता।

भोज की तैयारी भी होने लगी थी। भोजन में आलू-टमाटर की सब्जी और पूड़ी मुख्य होते थे। मिठाई में बेसन या बूंदी के लड्डू। यदि कोई रईस हो तो दो-तीन तरह के पकवान बनवाता। इनमें जलेबी, लड्डू, बालुसाई सम्मलित होते। अंत में मठ्ठे का रायता जिसके बिना तो विवाह का भोजन अधूरा सा जान पड़ता था।

पुड़ियो के लिए गेहूं जमा किया गया और चार-पाँच चक्कियाँ मोहल्ले से मंगवा ली गई। मोहल्ले की औरतें गेहूं पीसने आती और सब एक लय में गीत गाती। बारात के लिए बैलगाड़ियां तैयार हो चुकी थी।

बारात के दिन सभी ने सूरज उगने से पूर्व ही स्नान कर लिया था। औरतों ने गाना-बजाना शुरू कर दिया। पुरुषों ने नए वस्त्र पहने। बैलगाड़ी पर समान लादा जा चुका था। बारात को लौटने में तीन से चार दिन लग जाते थे इसलिए बाराती अपने साथ सब्जियां और आता ले कर जाते थे। औरतों ने मीठे और नमकीन खस्ता भी तैयार कर दिया था जोकि बाराती बोरियों में भर लिया गया था। सब कार्य पूर्ण होने के पश्चात सभी ने भोजन किया और बारात रवाना हो गई।

भामौरा पहुंचते-पहुंचते दिन ढल चुका था। गांव के छोर पर बने सरकारी स्कूल में बारातियों ने अपना डेरा डाला। जनुप्रसाद जी ने सभी का स्वागत किया। कुछ देर विश्राम करने के बाद तिलक की तैयारी हुई। सरजू बाई एक थाल में दीपक और सिंदूर ले कर घर की

चौखट पर आ गई। दूल्हे का तिलक हुआ और बाराती स्कूल की ओर चल दिए।

बच्चों और वयस्कों ने खस्ता खा कर अपनी भूख मिटाई और बुजुर्गों के लिए, जोकि खस्ता चबाने में असमर्थ थे, बैगन का भरता और गरम टिक्कड़ बनाए गए। भोजन करने के पश्चात सब सोने चले गए। दिन भर की थकान और सफ़र के चलते कुछ-एक पहर में ही पूरी बारात निंद्रा में विलीन हो चुकी थी। कुछ बुजुर्गों के बीच देर रात तक विवाह से संबंधित किसी मुद्दे पर चर्चा चलती रही।

बीच रात जब मनसुख की नींद कुछ पल के लिए टूटी तब चारों ओर सन्नाटा था। रात के स्याह रंग में तारे गुम हो चुके थे और चांद अकेले योद्धा की भांति इस अंधकार का सामना कर रहा था। चांदनी अंधेरे को ठे क्यूस पहुंचा रही थी। मनसुख चांद की वीर-गाथा का साक्षी था। युद्ध समाप्त होने से पहले मनसुख सो चुका था।

पौ फटी। जनुप्रसास जी के घर में विवाह के भोज की तैयारियां हो रही थीं। सुबह अंधेरे से ही औरतों के गीत लोगों की नींद चीर रहे थे। पानी भरने के लिए औरतें जानबूझ कर स्कूल वाले हैंडपंप पर गई। पहले तो अपनी ऊंची आवाज़ से बारातियों की निंद्रा भंग की और उनके जागने के बाद उन्हें देखने और छेड़ने के लिए सब पानी का घड़ा लिए स्कूल को दौड़ने लगीं।

"और कछू काम नई दिखा रओ तुम औरन खों। कुन बे भगे जा रए बाद में देख लिज्जो।" सरजू बाई ने मुस्कान के साथ ललकारते हुए कहा।

दिन ढलने के कुछ समय पूर्व ही भोज प्रारंभ हो चुका था। बाराती भोजन करके पुनः अपने डेरे पर लौट गए। गांव के लोग अब भोजन को आने लगे थे। पुरुषों के बाद स्त्रियों ने भोजन ग्रहण किया। अंत में जनुप्रसाद जी भी खाने बैठे। वैसे तो वंशी जी खाना खा चुके थे परंतु अपने समधी से चार बाते करने के लिए देर तक विवाह वाले घर रुके रहे। चर्चा शुरू तो बड़ी उत्सुकता के साथ हुई परंतु अगले दिन के पड़ावों को स्मरण करते हुए दोनों की सहमति से सभा जल्द ही निरस्त कर दी गई।

अब बारात का तीसरा और विवाह का सबसे मुख्य दिन था। हर रोज की तरह ही सुबह से ही औरतों के गीतों की ध्वनि वातावरण में गूंजने लगी थी। मंडप तैयार हो चुका था और सब बाराती अब विवाह वाले घर में थे। ये वरमाला का समय था।

पहले विवाहों में दोनों पक्षों के बड़े-बुजुर्ग और जानकर ही सारी रश्मों का विवरण देते थे। उनके मार्गदर्शन में ही प्रत्येक रश्म पूरी होती थी।

दूल्हा मंडप में विराजमान हो चुका था और दुल्हन के आने की प्रतिक्षा की जा रही थी। सहसा खुमनी झुकी नज़रों के साथ मंडप की ओर आती दिखी। मनसुख ने अब तक खुमनी का स्वरूप ना देखा था। खुमनी के लंबे घूंघट ने ये इंतजार बरक़रार रखा।

दुल्हन के हाथ में फूलों का हर सौंप दिया गया थ। निर्देश मिलने पर उसने हार दूल्हे को पहना दिया। दूल्हे ने भी उपदेश पाते ही दुल्हन

को हार पहनाया। दोनों की इस क्रिया ने मंडप में उपस्थित सभी लोगों के मुख पर निर्मल मुस्कान चढ़ा दी।

वरमाला पूर्ण होने के बाद दूल्हे ने दुल्हन की मांग में सिंदूर लगाया और तत्पश्चात मंडप के बीचों-बीच ईंट और मिट्टी से बनी हवन वेदी में अग्नि प्रज्वलित कर दी गई।

अग्नि ने ज्वाला पकड़ी और मंत्रों का उच्चारण प्रारंभ हो गया।

'मङ्गलम् भगवान विष्णुः मङ्गलम् गरुणध्वज............।'

मंत्र समाप्त हुए और दूल्हा-दुल्हन एक दूसरे का हाथ थाम फेरों के लिए खड़े हो गए। पहले तीन फेरों में वधु आगे थी और अगले चार में वर। सात फेरों के साथ सात वचन वर-वधु एक दुसरे को देते और ये सात फेरे दोनों के सात जनम के अटूट बंधन के प्रतीक माने जाते हैं। शादी में सात फेरों में पहला फेरा भोजन व्यवस्था के लिए, दूसरा शक्ति, आहार तथा संयम के लिए, तीसरा धन प्रबंधन के लिए, चौथा आत्मिक सुख के लिए, पांचवां पशुधन संपदा के लिए, छटा हर ऋतुओं में सही रहन-सहन के लिए तथा अंतिम सातवें फेरे में पत्नी अपने पति का अनुसरण करते हुए जीवनभर साथ चलने का वचन लेती है। वेदों पुराणों के अनुसार तो सनातन धर्म में विवाह के समय चार फेरे ही होते हैं। ये सात फेरे तो बॉलीवुड की देन हैं।

अब 'कुंवर कलेवा' की घड़ी थी। इसमें दूल्हा अपने ससुराल में पहली बार भोजन करता है। दुलहन की मां दुल्हे से भोजन का आग्रह है जिसके बदले दूल्हा उनसे कोई मांग करता है। मांग पूरी ना होने पर दूल्हा भोजन ना करने का निश्चय भी कर सकता है परंतु यह एक रश्म मात्र है। बारात प्रतिदिन की दिनचर्या के अनुसार संध्या होने पर पुनः अपने डेरे की ओर चल पड़े।

बारात का भमौरा में अंतिम दिन था। दुलहन को बारात के डेरे पर लाया जाता था। दुलहन की बुआ जोकि सभाषा[3] होती है वह भी साथ जाती थीं। सभाषा विवाह के दौरान सभी रश्मों में नेंग के रूप में प्राप्त हुई दक्षिणा को रखा करती थी जो अंत में उन्ही की झोली में जाती थी।

दोनों पक्षों के सभाषा आपस में छेड़खानी करने लगे थे। बुजुर्गों ने लड़की वालों की कमियों को निशाना बनाया तो औरतों ने भी पीछे ना रहते हुए उन पर पर तंज कसे। सारे नेंग और दान दक्षिणा का हिसाब भी हाथों-हाथ कर लिया गया। विदाई का समय होने को था।

बच्चों ने नए दोस्त बना लिए थे और सभी खेलने में मस्त थे। बुजुर्ग अपनी उम्र के लोगों के साथ चर्चा में व्यस्त थे। वहीं युवा वर्ग के लोग विदा की तैयारी में लगे थे।

आखिर वह समय आ ही गया था जब एक बाप की जीवन भर की पूंजी व्यय होने को थी। एक मां के संस्कारों की परीक्षा प्रारंभ हो रही थी।

भाई-बहन के बंधन ने घर के जिस आँगन में मजबूती हासिल की थी, आज उसी आँगन में कमज़ोर पड़ रहा था। ये भमौरा में खुमनी की कहानी का अंत तो ना था परंतु शायद उसे फिर कभी चबूतरे पर लगे नीम की हवा पहले जितनी सुहावनी न लगती। शायद सुबह से पक्षियों के गीतों में उसे पुरानी मधुरता का आभास न होता। खेतों की

---

[3] सभाषा एक पद है जो बुआ और फूफा के लिए एक समान प्रयुक्त किया जाता है।

हरियाली शायद उसका दिल पहले की तरह न लुभा पाती। और भी कितनी ही चीज़ों में परिवर्तन आने वाला था।

क्या विदाई इतनी कष्टदायक होती है? क्या खुमनी के जीवन में फिर कभी पहले सी प्रसन्नता न आएगी? क्या उसके घरवाले उसे भूल जाएंगे? यदि एक विदाई के कारण उसे इतने कष्टों का सामना करना होगा तो आख़िर क्यों उसके माता-पिता इसके लिए राजी हो गए? आखिर क्यों सदैव लड़की को ही अपना संसार त्यागना पड़ा है? ये प्रश्न अपने मायके से विदाई ले रही हर कन्या के मन में अवश्य आते होंगे, परंतु इनका उत्तर भगवान के जन्म के पूर्व से चली आ रही प्रथाओं के बीच खो चुका है।

खुमनी को सब अपने आज पराए जान पड़ते थे। बिछड़न की इस बेला में उसके मुख ने भी उसका साथ छोड़ दिया था। वह आँखों ने अपनी भावनाओं को बहाए जा रही थी परंतु वहां ऐसा कोई न था जो उन आंसुओं का सार समझ सके।

बैल फिर से अपने बाहुबल का प्रदर्शन करते हुए गाड़ियों को उनकी मंजिल की ओर खींचने लगे थे। बारातियों के मुख पर प्रसन्नता के चिन्ह थे जिन्हें थकान धीरे-धीरे ओझल कर रही थी। वंशी जी ऊर्जावान महसूस कर रहे थे। इस ऊर्जा को बरकरार रखने के लिए वे बीच-बीच में झपकियां मार लेते थे। मनसुख का मन वीरान पड़ा था। विचारों के अभाव में वह चुप-चाप चारों ओर कुदरत को निहारे जा रहा था।

एक ओर मनसुख विचार शून्य अवस्था में था वहीं दूसरी ओर खुमनी के मन में प्रश्नों का तूफान उमड़ रहा था, परंतु दोनों एक दूसरे की मन:स्तिथि से अनजान थे।

बारात मवई पहुंच चुकी थी। मोहल्ले के लोगों के प्रश्नवाचक वाक्य औरतों के गीतों में दख़ल दे रहे थे। यूं तो गलियों में शोरगुल पहले से ही था परंतु बारात के लौटने पर इसमें उत्सुकता का आभास होने लगा था। बारात के आने की जानकारी पाते ही औरतों को मानो नई ऊर्जा प्राप्त हो गई थी। गीतों की ध्वनि आसमान को चीरने लगी थी। साथ में ढोलक और मंजीरे की जुगलबंदी वातावरण में प्रसन्नता और उत्सुकता घोल रही थी। सभी बहू को देखने के लिए ऐसे उतावले थे जैसे नवरात्री में पहले दिन माता की मूर्ति के दर्शन को होते हैं। ये उतावलापन जायज भी था क्योंकि बारात में गए लोगों के अलावा किसी ने खुमनी का अंशमत्र भी न देखा था।

जब खुमनी ने पहली बार अपने ससुराल में कदम रखे तो लोगों की भीड़ यूं उमड़ी जैसे कोई बड़े राजनेता, जिनके बारे में सब ने केवल रेडियो पर खबरें सुनी थी, इस गांव के दौरे पर आए हों। उसकी एक झलक के आधार पर सब ने अपने मन में कितनी ही बातें क्यों न सोची हों पर उसका एक गुण ऐसा था जिसकी प्रशंसा की लहरें मवई की हर गली में फैल चुकी थीं। वह एक आकर्षक रूप की स्वामिनी थी। उसका गोल सा चेहरा, जिस पर सूर्य की किरणों तेज़ था, उसके सौंदर्य का प्रमाण बन लोगों की आंखों में बस गया था।

पुत्तो बाई अपनी बहू को देख कर सहसा मुस्कुराई और उससे अंदर आने का आग्रह किया। खुमनी प्रस्ताव को स्वीकार कर घर में प्रवेश

ले चुकी थी। इस वीरान से नगर में अब उसको महीन ओस की बूंदे पड़ती नजर आने लगीं थीं। वह जानती थी कि अब यही उसका जीवन है और जितने शीघ्र वह सबको अपना लेगी प्रसन्नता उसके जीवन में लौट आएगी। अच्छे भविष्य की आशा करती, वह मन में ईश्वर का नाम जपते हुए सबसे भेंट कर रही थी। इन स्नेहिल भेंटो के साथ ही सहसा वातावरण में एक नई ऊर्जा का उन्माद हुआ। प्रेम और सहानुभूति की महक चारों और फैल गई।

विवाह प्रसन्नतापूर्वक संपन्न हुआ। पुत्तो बाई की इच्छा पूर्ण हुई। मनसुख और खुमनी ने दंपती जोड़े के रूप में अपना जीवन प्रारंभ किया।

संघर्ष का दौर

पुत्तो बाई को अब घर के कामों से फुरसत मिल जाती थी। जब कभी समय मिलता वह खेत पर चली जाती। यदि वहां भी करने को कुछ नहीं होता तो वह ईंधन के लिए सूखी लकड़ियां खोजने लगती। आखिर अपनी बहू को कुछ कहने का मौका भी तो नहीं देना चाहती थी। हालांकि खुमनी के व्यवहार ने उन्हें यह कभी महसूस न होने दिया था की वह कभी उनसे ऊँची आवाज़ में बात करने की हिम्मत भी जुटा पाएगी। जब तक पुत्तो बाई जीवित रही तब तक उनकी बहु ने उनका यह विचार बदलने नहीं दिया।

दिन बीतते जाते थे। मनसुख एक किसान के रूप में परिपक्व होता जा रहा था। फल की चिंता किए बिना वह लगातार परिश्रम करता जा रहा था। जीतोड़ मेहनत के बावजूद स्तिथि में कोई परिर्वतन होता नज़र नहीं आता था। वंशी जी की सेहत में भी कोई सुधार नहीं था। मनसुख चिंतित होने पर भी परिश्रम से ध्यान न हटाता। उसे ज्ञात था कि ऐसे में ज़रा सी नज़रंदाज़ी उसकी परिस्थितियों को और भी गंभीर बना सकती थी।
इन तमाम परेशानियों के बीच मनसुख का एकमात्र सहारा था, खुमनी। उसका सरल स्वभाव मनसुख को ढांढस देता था। यूं तो विवाह को महीनों बीत चुके थे और अब तक दोनों एक गाड़ी के दो पहियों की भांति जीवन में संतुलन स्थापित करते हुए आगे बढ़ते आए थे, किंतु अब एक ऐसा सफर दोनों को तय करना था जिसकी मंज़िल तक पहुंचना एक दूसरे के सहयोग के बिना असंभव था। यह उनके वैवाहिक जीवन की सबसे कठिन परीक्षा थी जिसमे उत्तीर्ण हो कर दोनों अपनी आने वाली पीढ़ी के लिए एक मज़बूत नींव तैयार कर सकते थे।

रात में नींद के हवाले होने से पहले दोनों सारी चिंता-व्यथाओं की चर्चा किया करते थे। इस चर्चा से उनको अगली सुबह जाग कर फिर से हाथ-पैर मरने की ऊर्जा मिलती।

ऐसी ही एक रात जब दोनों के विचार-विमर्श का अंत हुआ, तो अतीत को कुरेदते हुए मनसुख कुछ स्मृतियों से टकरा गया। खुमनी दिन भर की थकान के चलते सो चुकी थी। इन यादों ने मनसुख को इस बात का आभास कराया कि वह बचपन के स्वर्णिम पलों को भोग कर संघर्ष की रणभूमि में आ उतरा था। वह उन पलों को एक और बार जीना चाहता था।

जब वंशी जी बीमार हुए थे तब मनसुख गांव के कुछ और युवकों के साथ काम के लिए उल्दन जाता था। बरसात का मौसम। सड़कों पर पानी और कीचड़। फिसलन भरे रास्ते चुनौती बन सफर में रोमांच पैदा करते थे। उल्दन को जाने वाले रास्ते के बगल में बिजली के तार, खम्बों पर झूलते हुए साथ चलते थे। लौटते समय सब बेशरम[4] की टहनियों को बिजली के तारों पर फेंका करते। जब टहनी दो तारो को एक साथ छूती तो पटाखों की तरह चिटचिटा कर राख हो जाती। टहनियों के साथ मानो उनकी हरारत भी राख हो जाती थी।

मनसुख के होठों पर एक शुष्क सी मुस्कुराहट थी जो उन यादों को जीवन दे रही थी। आँखें नम थी। चंद्रमा के प्रकाश में उसकी आँखें यूँ रोशन हो रही थी मानो चांदनी में झील का पानी चमचमा रहा हो। वह उन लम्हों को जीने की कोशिश करने लगा। यादों की इन गलियों में भटकते हुए कब वह नींद के गर्त में गिर गया उसे कुछ पता न चला।

---

[4] बेशर्म एक पौधा होता है और इसका वैज्ञानिक नाम बेहया है। इसे थेथर पौधा भी कहा जाता है।

फसल कट चुकी थी। खेतों में काम नहीं था। अगली फसल के लिए समय था। ऐसे में मनसुख घर बैठ कर समय व्यर्थ नहीं करना चाहता था। उसे इस बात की भी आशंका थी कि यदि वह घर पर रुका रहा तो अगली फसल के आने तक उसकी सारी जमा राशि, जो फसल बेच कर प्राप्त हुई थी, खर्च हो जाएगी। विश्राम का विचार उसके मन से कोसो दूर था।

कुछ ऐसी ही स्तिथि गांव के अन्य लोगों की भी थी। मनसुख की उम्र के अधिकतर युवक विवाह के बंधन में बंध चुके थे। काम को लेकर सब में सलाह-मशवरा होने लगा। नवविवाहित युवकों की इस मंडली ने गांव के बाहर जा कर काम करने का निर्णय लिया।

बेहतर जीवन की आश लिए रोज़गार की तलाश करते हुए सब दिल्ली पहुंचे। तब झाँसी से दिल्ली तक का किराया सत्तरह रुपए हुआ करता था। दिल्ली में एक क्रेशर पर काम मिला। सबके लिए काम नया था और ज़रूरी भी। सवा आठ रुपए दिन। दिहाड़ी कोई ज़्यादा तो नहीं थी पर कम भी न थी। गांव के मुकाबले दिल्ली में काम करना सबको बेहतर जान पड़ता था। परिवार साथ न होने के कारण खर्चा भी कुछ खास नहीं था। यदि कोई सही से धन का प्रबंधन करे तो अच्छी-खासी बचत कर सकता था।

मनसुख पहली बार घर से इतनी दूर आया था। उसके हालात उसे दिल्ली तक खींच लाए थे। उसके साथी काम में मन लगा चुके थे परंतु उसकी इस काम में कोई रुचि नहीं थी।

कहते हैं जिस काम में मन न लगे उसे न करना ही बेहतर है। मनसुख ने भी यही किया और करीबन डेढ़ महीने बाद घर लौट आया। इतने दिनों के काम से उसने ना के बराबर कमाई की थी। मनसुख फिर से काम की तलाश करने लगा। इस बार उसने झाँसी जाने का मन बनाया। वहां उसे पुताई का काम मिल गया। उसे यह

काम करना ही था। इस बार वह मन ना लगने के कारण अपना रोज़गार नहीं छोड़ना चाहता था। मनसुख ने लगभग एक साल तक यह काम किया। वह सिर्फ तीज-त्यौहारों पर घर आता। पर अब फिर उसकी गाड़ी रुक चुकी थी।

कमज़ोर आर्थिक स्तिथि मनसुख को वंशी जी से विरासत में मिली थी। उसके सुधार में वंशी जी अपना संपूर्ण जीवन लगा चुके थे। अब बलिदान की बारी मनसुख की थी। रोज़गार की चिंता इस घर में पुरानी थी। कठिन परिस्थितियों ने मनसुख को मज़बूत तो बना दिया था परंतु अब तक उसे अपने परिश्रम का फल प्राप्त नहीं हुआ था। एक के बाद एक मुश्किलें उसके पथ में आती जाती थी।

सर्दियों के दिन अपनी अन्तिम यात्रा पर थे। तापमान धीरे-धीरे धरातल से शिखर की ओर बढ़ रहा था। सूरज की मद्धम-सी धूप जाड़े से निजात दिलाने लगी थी। सड़कों के किनारे और मैदानों में लगे पेड़-पौधे हरियाली से लदे पड़े थे। फसल पक कर कटने को तैयार थी। मनसुख के सर्द से जीवन में सूरज उमंग की किरणें तो लाया था परंतु परेशानियों के बादल अब तक छंटे नहीं थे। फसल कटने के बाद वह क्या काम करेगा, कैसे घर चलाएगा, उसे कुछ नहीं सूझता था।

वंशी जी की सलाह पर मनसुख ने खेतों में पानी देने के लिए कुंए का निर्माण प्रारंभ कर दिया। कुंए के लिए खेतों के बीच छूटी कुछ जगह को चुना। वहां बबूल के पेड़ की उपस्तिथि उस जगह को चुने जाने के निर्णय को सहमति देती थी। श्रमिक वर्ग को जानकारी दे कर मजदूरी का निमंत्रण दे दिया गया।

सुबह मजदूरों के आने तक मनसुख घुटनों तक मिट्टी खोद लिया

करता ताकि वह आ कर बिना कोई देर किए काम में लग जाए। यही रणनीति वह दोपहर में उनके भोजन के समय अपनाता। मनसुख भी मजदूरों के बराबर काम करता था। यदि मनसुख को भी इस काम के लिए दिहाड़ी मिलती तो शायद वह बाकियों से ज़्यादा कमाई करता। कुंआ बन कर तैयार हुआ और उस का नामकरण कुछ इस प्रकार किया गया।

श्री

वंशी लाल

मौजा मवई

सन् १९६९

सं. २०१६

पिता की उपाधि

अन्य मनुष्यों की तरह ही मनसुख के जीवन में भी परेशानियां लगातार आगमन करती रहती थी। गिरता-संभलता, समस्याओं से पार पाता हुआ वह आगे बढ़ता जाता था। किंतु साधारण सी चिंता अब मानसिक तनाव का रूप ले चुकी थी।
इन परेशानियों के बीच खुमनी एक बार फिर से खुशियों की सौगात ले कर आई। वह पहली बार ममता का आँचल ओढ़ने वाली थी। माँ बनने का विचार उसे अब तक गर्भ के दौरान आने वाले सभी दर्दों और कठिनाइयों से राहत देता आया था, लेकिन अब प्रसव का समय नज़दीक आ गया था और उसकी पीड़ा असहनीय होती जा रही थी। आखिरकार खुमनी को उसकी नौ महीनों की तपस्या का फल मिला और 14 मार्च 1973 को 'जयराम' का जन्म हुआ। गोल-सा चेहरा और मां के समान ही गोरा रंग।
माँ बनने की अनुभूति ने खुमनी में नई ऊर्जा की लहर दौड़ा दी। उसके चेहरे की चमक दर्द की आग में झुलसी उसकी देह को छुपाने में सफल हो रही थी। ये खुमनी के अब तक के जीवन की सबसे बड़ी उपलब्धि थी। ममता का भाव स्त्रियों की सहनशीलता का आधार होता है। नौ महीनों की कड़ी प्रतीक्षा स्त्री के भावनात्मक पहलू को मज़बूत कर देती है।

जयराम के जन्म के साथ ही मनसुख और खुमनी का संबंध अब और गहरा हो चुका था। उन्होंने विवाहित जीवन का एक एहम पड़ाव पार कर लिया था। पति-पत्नी से हटकर अब वह माता-पिता के रूप में सबके सामने थे। उनके ऊपर एक नए संबंध की ज़िम्मेदारी थी। जयराम की रूपरेखा खुमनी जैसी थी तो गुण मनसुख जैसे। पिता की तरह जयराम की भी पड़ने में खूब रुचि थी। तेज़ बुद्धि और जल्दी

सीखने का गुण उसे पिता से विरासत में मिला था। शुरुआती शिक्षा के लिए मनसुख ने जयराम का दाखिला बिजना के स्कूल में करा दिया।

जयराम के आने से घर में चहल पहल तो रहती ही थी किंतु अब समस्याओं का औहदा भी बढ़ गया था। खर्चों में वृद्धि आ गई थी। मनसुख के कंधों का भार बढ़ चुका था। काम की चिंता फिर उसके मन-मस्तिष्क पर दस्तक देने लगी। परंतु यह सिर्फ़ मनसुख को ही नहीं उसके युवक साथियों को भी चिंतित करती थी। इस सामूहिक तनाव के निवारण हेतु युवा मंडली की बैठक आयोजित की गई। अबकी बार हरियाणा जाने का विचार पेश हुआ। इस बार मनसुख के मोहल्ले से भी कुछ लोग उसके साथ जा रहे थे। चेंचे, चन्ने, भोले, थलू, जस्सू और धनीराम। वहां जा कर क्या काम करना है इस बात पर कोई ख़ास चिंतन मनन नहीं हुआ था। कुछ ढंग का काम न मिलने पर सभी ने मजदूरी करना ही मुनासिब समझा। दो महीने बाद काम खत्म हो गया। ठेकेदार ने उनके पूरे पैसे देने से इंकार कर दिया। मवई के युवकों में ज़ज्बे की कमी तो नहीं थी किंतु परदेश में आख़िर कौन उनके साथ खड़ा होता। अब उनके पास कोई काम नहीं था। जिस मंज़िल को पाने के लिए सब अपना घर-वार छोड़ कर इतनी दूर आए थे वह अब दूर-दूर तक नज़र नहीं आ रही थी। यह बड़े आश्चर्य की बात जान पड़ती है कि मज़दूर भी बेरोज़गार हो सकते हैं। जब उन्हें कही और काम मिलता न दिखा तो सब ने घर लौटने का फैसला किया।
अगली सुबह सब स्नान करके भोजन करने को बाज़ार की ओर चल दिए। हस्ता-बतियाता समूह लोगों का ध्यान अपनी ओर खींच रहा था। सड़क के किनारे आगे बढ़ते हुए सब दोनों तरफ निगाहें दौड़ा रहे थे।

"बौ देखौ छः रुपज्जा में पेट भर के खाओ।" भोले ने उत्साहित हो कर उंगली से एक ढाबे के बाहर लगे बोर्ड की ओर इशारा करते हुए कहा। भोले की मज़ाक करने की आदत की वजह से कोई भी भोले की बातों को गंभीरता से नहीं लेता था किंतु जब सबने उसकी अंगुली की दिशा में नज़र दौड़ाई तो अचंभित हो गए। बोर्ड देख कर सब के मन में अचरज की भावना प्रसन्नता से युद्ध करने लगी। युवा शरीर की भूख छः रुपए में मिटे, यह कोई साधारण बात नहीं थी।
"छः रुपेया में पेट भर के खबा राओ। चलिओ देखें तौ।" जस्सू बोला और सब दुकान की ओर बढ़ गए। सीढियां चढ़ते ही जस्सू ने ढाबे में दिखे पहले व्यक्ति से पूछा, "भाई शाहब छः रुपए में भर-पेट खाना?"
"जी भाई शाहब, आओ आओ बैठो।" चूल्हे के पीछे खड़ा एक आदमी बोला। गोल-मटोल पेट और मोटी भुजाएं। सांवले चेहरे पर तीखी मूछें। वेशभूषा से वह ढाबे का मालिक जान पड़ता था।
सब खाने बैठे। दस मिनट के भीतर सारी रोटी चट हो गई और बावर्ची फिर आटा गूंथने लगा। मोटा आदमी तब तक दरवाज़े के पास रखी मेज़ कुर्सी पर विराजमान हो गया था। इतने जल्दी रोटियों को ख़त्म होता देख वह भौंहे सिकोड़ रहा था। रोटीयां आती जा रही थी और सब बड़े चाव से खाते जा रहे थे। जब मोटे आदमी ने देखा कि दोबारा गूंथा आटा भी धीरे-धीरे कम होता जा रहा है तो वह बावर्ची को धीमे से ललकार लगाते हुए बोला, "मोटी सेक न भाई, क्या कर रहा है।"
सब अभी भी लगातार खाते जा रहे थे। मनसुख ने दाल मंगाई और धनीराम ने साग। मोटा आदमी उन्हें खाता देख बौखला गया। उसका चेहरा गुस्से से तमतमा रहा था। अबकी बार वह चूल्हे के पास गया और बावर्ची से बोला, "हट जा तू, तेरे बस का नहीं, मुझे सेंकने दे। तेरे भरोसे दुकान छोड़ूं, तो बर्बाद हो जाए सब।"

उसने सबको सबक सिखाने की मंशा से खूब मोटी और कच्ची रोटियां सेंक कर परोस दी। रोटी देख कर सब समझ गए थे कि बात अब आदमी के आत्सम्मान तक पहुंच चुकी है।

"भाई शाहब मोटी कितनी भी कर लो बस सेंको सही से।" मनसुख ने हस्ते हुए कहा। मनसुख की हँसी उसके गुस्से को सातवें आसमान पर ले गई। उसने ठनक कर बेलन नीचे रख दिया और गुस्से में हाथों को जोड़ कर कहा, "कहां से आए हो महाराज। कितने दिनों से भूखे बैठे हो।"

"अरे भाई शाहब रोटी तो लाओ। अभी पेट भरा नहीं।" जस्सू ने चुटकी लेते हुए कहा।

"बस भाई राशन ख़त्म हो गया, अब और नहीं खिला पाऊंगा। हो सके तो फिर खाना खाने मत आना।"

सब ने हाथ-मुंह धोकर पानी पिया और पैसे दे कर ढाबे से बाहर आ गए।

ससुराल में मज़दूरी

उल्दन से कुछ किलोमीटर आगे बंगरा का ब्लॉक कार्यालय था। अर्ज़ी लगाने पर मनसुख को बंगरा में खेतों में कीटनाशक छिड़कने का काम मिल गया था। काम मेहनत का था और तनख्वाह इतनी की थोड़े गुणा-भाग की मदद से गुज़ारा हो जाता था। मनसुख ने एक साल तक यह काम किया। काम छोड़ने के बाद फिर से पुरानी समस्याएं सामने आने लगी थी। वह मवई में ही मज़दूरी करने लगा। खुमनी के चाचा, श्री नाथूराम जी उन दिनों मध्य प्रदेश के शिक्षा मंत्री थे। तब प्रधानमंत्री श्रीमति इंदिरा गांधी थीं। उनके परिचितों में से नाथूराम जी भी एक थे।

मनसुख, नाथूराम जी के परिवार का सबसे बड़ा दामाद था। उन्होंने पी.डब्ल्यू.डी. दफ़्तर में मनसुख के लिए नौकरी का इंतज़ाम किया। जानकारी करने पर उन्हें ज्ञात हुआ कि वह सीधे मनसुख को दफ़्तर तक नहीं पहुंचा सकते। बाबू बनने से पहले मनसुख को कुछ फील्ड वर्क करना होगा जिससे की मतभेद होने की संभावना समाप्त हो जाए। विभाग में शामिल होने के लिए मनसुख को पहले रोड सुपरवाइज़र का काम करना था।

नाथूराम जी ने मनसुख को सुपरवाइज़र का काम समझाते हुए कहा, "उतै जा कै देखनै है बस कै काम सई हो रओ के नईं, जरूरत परै तौ तनक मनक करनै आए बस।"

मनसुख ने उनकी बात को ध्यान से सुना तो लेकिन उसका अर्थ समझने में ऐसी भूल की जिसके लिए कई सालों तक खुद को कोसता रहा। मनसुख को लगा की उसे अन्य मजदूरों के साथ काम करना होगा। मज़दूरों के साथ ससुराल में काम करने का विचार उसे कुछ रास न आया। उसने मन ही मन सोचा, "सासरे में मजदूरी करै ऐसे दिना नईं आए अबै। मजदूरी करनै तौ हम अपने गांव में न करपै

का।"

हमारे पुरूष प्रधान देश में उसका ऐसा सोचना काफी हद तक ठीक भी था। आखिर कोई दामाद कैसे अपने ससुराल में मज़दूरी कर सकता है। यदि कोई कमी थी तो वह यह कि इस विचार का आधार जोकि उसने नाथूराम जी की बात का गलत अर्थ समझ कर बनाया था।

मनसुख का मन सागर की लहरों की भांति ज्वार-भाटा की क्रिया में मग्न होता जा रहा था। कभी वह आनंद के शिखर पर होता तो कभी निराशा के गर्त में। उसने इन उतार-चढ़ावों को दरकिनार करते हुए अब गांव में ही रहने का निश्चय कर लिया था।

अन्य गांवों की तरह ही मवई में भी मज़दूरी के ढ़ेरों स्रोत थे। खेतों में पानी लगवाना, फसल की कटाई एवं कतराई, घरों के खपरों को पलटना, ईंटें बनवाना आदि कई काम मनसुख गांव में करने लगा। किसी के घर निर्माण हो तो वह वहां भी मज़दूरी किया करता था। धीरे-धीरे वह कारीगर का भी काम सीखने लगा। मनसुख कुछ महीनों में गांव का जाना माना मिस्त्री बन गया। खेती के बाद, जीविका अर्जित करने का यही उसका मुख्य साधन था। जब भी खेतों से राहत मिलती वह मवई और आस पास के गांवों में काम की तलाश करता। रोज़मर्रा के व्यय उसे घर बैठे आराम फरमाने की इजाज़त न देते थे। आवासीय विद्यालय में होने के कारण जयराम की पढ़ाई का खर्च भी अब पहले से ज़्यादा था। आमदनी और खर्चे कदम से कदम मिलाते हुए आगे बढ़ते जा रहे थे। मनसुख के जीवन में लक्ष्मी का अभाव कोई नई बात न थी किन्तु समय के साथ इन अभावों से पार पाते हुए वह आगे बढ़ता आया था।

समस्याओं के बिना जीवन अधूरा सा जान पड़ता है क्योंकि सफ़र में आने वाली रूकावटे ही मंज़िल की एहमियत का एहसास दिलाती है।

मनुष्य की कमियां ही उसे सुधार करने के लिए प्रेरित करती हैं। एक हारे हुए खिलाड़ी को जीत की चाह सबसे ज़्यादा होती है जो उससे मेहमत करवाती है, ठीक उसी तरह इंसान भी अपना पेट भरने के लिए आख़िरी सांस तक जद्दोजहद करता है। किंतनी ही परेशानियां क्यों न आए, कितने ही कष्ट हौसलों को चोटिल क्यों न करे किन्तु मनुष्य अपने अस्तित्व के लिए हमेशा लड़ता रहा है। यह मानव की उन विशेषताओं में से है जो उसे पृथ्वी पर मौजूद सभी जीवों से अलग बनाती हैं। मनसुख भी इसी तरह मानवीय इतिहास की परंपरा को आगे बड़ा रहा था।

खुशियों का आगमन

शर्दियों के दिन लगभग जा चुके थे। वसंत की धूप पेड़-पौधों को नया जीवन प्रदान कर रही थी। खेतों में लगी फसल अपनी ज़िंदगी के आख़िरी दौर में थी। मटर, चना, सरसों कटने को तैयार थे।
मनसुख ने भी कटाई शुरु कर दी थी। गांव के ज़मींदार लोग पहले बुवाई कर देते थे जिसके चलते उनकी फसल जल्दी कट जाती थी। जब तक अपनी फसल कटने को तैयार न हो तब तक दूसरों के खेतों में काम करके कुछ कमाई हो जाती थी। आम तौर पर जिसके पास ज़्यादा ज़मीन होती थी वही पहले बुवाई करने का साहस करता था। खेती करना जुआ खेलने से तनिक भी कम नहीं। जितने आसार लाभ के होते हैं उतने ही हानि के भी होते हैं। क़िस्मत किस ओर करवट लेगी यह पूरी तरह से मौसम पर निर्भर करता है। कभी वर्षा खेतों में हरियाली की लहर दौड़ा देती है तो कभी अपने प्रचंड रूप से उसी हरियाली को तहस-नहस भी कर देती है। किसान का जीवन अनिश्चितताओं से परिपूर्ण होता है। जो प्रकृति उसे अन्नदाता होने का सौभाग्य प्रदान करती है वही उसकी सफलता की राह का सबसे बड़ा रोड़ा भी बनती है।
शायद दूसरे मुल्कों में किसानों को ऐसे हालातों का सामना न करना पड़ता हो किन्तु भारत में उनका जीवन उस दखनी[5] के पेड़ के समान होता है जो उपयोग में तो लाया जाता है लेकिन उसको कभी नीम या पीपल के जितना महत्त्व नहीं दिया जाता।
व्यापारियों और राजनेताओं को मौसम के बदलते रवैए से कभी हानि नहीं होती ना ही सरकार की नीतियों का उन पर कोई प्रभाव होता है।

---

[5] **दखनी एक कंटीला पेड़ होता है जो मुख्यतया बुंदेलखंड क्षेत्र में पाया जाता है। ग्रामीण इलाकों में यह ईंधन का मुख्य श्रोत होता है।**

करुण रस से अलंकृत अपने भाषणों में किसानों को सहानुभूति देने वाले नेता उनके दुःख को कभी नहीं समझ सकते।

इस बार मनसुख को अकेले ही पूरी फसल को ठिकाने लगाना था क्योंकि खुमनी अपने दूसरे पुत्र के आगमन की प्रतीक्षा कर रही थी। यह कोई संयोग ही था कि दोनों बेटों का जन्म एक ही माह में होने वाला था। मनसुख का घर एक बार फिर किलकारियों की गूंज में विलीन हो गया जब 1 मार्च 1980 को 'रामनाथ' का जन्म हुआ। रंग खुमनी जैसा था और बनावट मनसुख सी। नाक कान पिता से मिलते थे और आँखें मां से।
जयराम को जोड़ीदार मिल गया। खुमानी की जिम्मेदारियों में इज़ाफा हुआ। मनसुख के कंधों का भार बढ़ गया। पुत्तो बाई और वंशी जी के पास दिल बहलाने का एक और साधन आ चुका था।
गांव की गलियों का शोरगुल एक नई ऊंचाई पर जाने वाला था क्योंकि रामनाथ जैसा शरारती गांव में अब तक नहीं जन्मा था। दूसरों की खिल्ली उड़ाने में पहला स्थान और यदि किसी ने उस पर कटाक्ष करने का दुस्साहस किया तो पत्थर से सिर फोड़ने को तैयार। इस तरह वह कईं लोगों को लहूलुहान कर चुका था। रामनाथ को चिढ़ाने से पहले हर कोई सैकड़ों बार सोचता था।

जीवन सुखद तो था किन्तु आसान नहीं। दिन प्रतिदिन नई कठिनायों से सामना होता था। दो जून के भोजन के लिए भी जद्दोजहद करनी पड़ती थी। मनसुख की स्तिथि को देखते हुए गांव के एक गड़रिए ने जयराम और रामनाथ को एक-एक बकरी देने का वादा किया। इससे उन पर से दो बकरियों का भार भी कम होता और मनसुख के घर में सेवन के लिए दूध भी उपलब्ध हो जाता। उन्होंने अपनी मर्ज़ी से

बकरी चुनने का अवसर भी दोनों को दिया। अगले दिन दोनों भाई बकरियां लेने चल दिए। जयराम अपने स्वभाव के अनुकूल गंभीर था और रामनाथ के मन में मस्ती के नए साधन की खोज चल रही थी। रामनाथ बकरी से दूध के अलावा भी कोई और सेवा चाहता था। उसने ऐसी बकरी लेने का निश्चय किया जिसकी वह सवारी कर सके। फिर क्या था रामनाथ ने पहुंचते ही सबसे बड़ी बकरी की ओर उंगली उठा दी। उसकी देखादेखी जयराम ने भी बड़ी-सी बकरी चुन ली। रामनाथ और जयराम को अब एक ज़िम्मेदारी मिल चुकी थी। नियमानुसार सुबह स्नान करने के पश्चात् दोनों भोजन करने बैठे। यूं तो भोजन करते समय उनके बीच शब्दों का लेन-देन बहुत कम होता था किंतु आज उनकी जिह्वा स्वाद लेने से ज़्यादा वार्तालाप में रुचि ले रही थी। दोनों इस बात पर विचार विमर्श कर रहे थे कि बकरियों को चराने के लिए सबसे उपयुक्त जगह कौन सी रहेगी। दोनों एक-एक कर अपने सुझाव पेश करते और उस जगह के लाभ-हानि के बारे में चर्चा करते। खुमनी रोटी सेंकते हुए उनके बालसुलभ वार्तालाप का आनंद ले रही थी। उनकी रोमांचक सभा में सम्मलित होने की चेष्टा करते हुए वह भी बीच-बीच में अपनी राय पेश कर रही थी।

भोजन करने के बाद दोनों अपनी-अपनी बकरी की डोर हाथ में लिए खेतों की ओर रवाना हो गए। सारा दिन बकरियों की खेत-खलियान से भेंट कराने के बाद जब शाम को घर लौटने की बारी आई तो रामनाथ को बकरी की सवारी करने का खयाल आया। वह उसकी पीठ पर बैठ कर हरियाली को एक नए नज़रिए से देखना चाहता था। अब तक उसकी स्मृति में दूल्हा ही ऐसा व्यक्ति था जिसे उसने किसी जानवर की सवारी करते देखा था। वंशी जी की सुनाई गाथाओं में घुड़सवारी करने वाले राजा और राजकुमार आज भी उसकी काल्पनिक दुनिया में ही विलीन थे। वह उनके शौर्य की अनुभूति करना चाहता

था। रामनाथ को बकरी की सवारी का लुत्फ उठाते देख जयराम के लिए भी खुद को रोक पाना मुश्किल हो गया। वह भी उस आनंद की प्राप्ति के लिए व्याकुल हो उठा जो रामनाथ के चेहरे पर आ रही बालसुलभ उत्साह से भरी मुस्कान का कारण था। जयराम भी अपनी बकरी के ऊपर बोझ बन गया। दोनों भाई बकरी के ऊपर सवार, गिरते-संभलते खेतों को पार करते जा रहे थे। खेत खत्म हुए और सड़क आते ही दोनों वापस पैरों के सहारे आगे बढ़ने लगे। उन्हें डर था कि कहीं कोई उन्हें बकरियों के ऊपर बैठा देख गड़रिए को ख़बर न कर दे।

घर पहुंचने तक दिन ढल चुका था। खुमनी चूल्हे-चौके के काम में लग चुकी थी। पुत्तो बाई वहीं पास बैठी बतिया रहीं थीं। वंशी जी भोजन ग्रहण करने को तैयार हो रहे थे। मनसुख भी घर आ चुका था।

भोजन करते समय रामनाथ ने बकरियों के साथ बिताए अपने पहले दिन का वर्णन किया। सवारी की बात पर सब ठिठक कर हँसने लगे परंतु मनसुख को इस किस्से में हास्य रस की प्राप्ति न हुई। जहां एक तरफ दोनों की प्रफुल्लित मुस्कान को देख सब प्रसन्न हो रहे थे वहीं दूसरी ओर मनसुख अपने मन में चल रहे द्वंद को शांत करने में व्यस्त था।

परिस्तिथियां उसे मुस्कुराने तक का अवसर न देती थीं। मनसुख का मन हार मान लेना चाहता था लेकिन बेटों की ओर नज़र पड़ते ही मानो उस मृत सी देह में जान आ जाती थी। वह उनको उस स्तिथि में न धकेलना चाहता था जिससे वह खुद हो कर आया था। इन परेशानियों के बीच खुमनी का गर्भ उसकी चिंता को बढ़ावा दे रहा था। दो बेटों के जन्म के बाद अब बेटी की मनोकामना सब के मन में घर कर चुकी थी। ईश्वर की इच्छा से अज्ञात खुमनी भी शंका के

बादलों से घिरी थी। यदि एक और पुत्र हुआ तो? क्या उनके भाग्य में पुत्री-सुख नहीं है? क्या लक्ष्मी उनके घर नहीं आना चाहती? मनसुख की स्तिथि ठीक वैसी ही थी जैसी बीच समुद्र में अपनी नांव गवां चुके नाविक की होती है । जहां से दूर-दूर तक किनारे का कोई नामोनिशान नहीं होता, फिर भी जीवन की लालसा उसे हाथ मारने की शक्ति प्रदान करती है। मनसुख भी जीतोड़ मेहनत किए जाता था।

काली अंधेरी रात के बाद सूरज की पहली किरण आती है जिसमें भले ही उस अंधकार को हराने की शक्ति न हो लेकिन वह लोगों के मन में उम्मीदों का अंबार लगा देती है। ऐसी ही एक उम्मीद की किरण मनसुख के द्वार पर दस्तक देने वाली थी। मनसुख के लिए प्रेरणा का एक और स्त्रोत बन कर नीलम घर में आई। 8 नवंबर 1983 को नीलम का जन्म हुआ। दोनों भाईयों की तरह नीलम ने भी मां जैसा रंग पाया था। चेहरा मानो खुमनी का ही साया हो। इसमें कोई संदेह न था कि यौवन आते-आते वह सौंदर्य की दौड़ में मां को भी पीछे छोड़ देगी।

खुमनी और मनसुख तमाम चिंता-व्यथाओं से मुक्त हो गए। उनके घर बेटी का जन्म हुआ था। समाज कितना ही पुरूष-प्रधान क्यों न हो परंतु दो बेटों के जन्म के बाद घर में कन्या का होना अनिवार्य सा जान पड़ता है। पुत्तो बाई और वंशी जी को पोती के जन्म से अपना जीवन सफल लगने लगा था। रामनाथ और जयराम भी बहन के आने से बेहद खुश थे। उनकी टोली में एक और सदस्य जुड़ गया था। उनकी मटरगस्ती में तो इज़ाफा हुआ ही था, साथ ही उनके धैर्य में भी उन्नति हो चुकी थी। अब दोनों भाई पहले से अधिक शांत और गंभीर हो चुके थे। उनकी बढ़ती विचारशीलता उनके भीतर पनपे परिपक्वता के बीज को जल के समान सींच रही थी। ये सभी

परिवर्तन एक पुरूष के जीवन पर स्त्री के प्रभाव के सूचक थे। पुरूष आत्म-संतुष्टि के लिए भले ही जीवन का भार अकेले उठा ले परंतु स्त्री के बिना उसका जीवन परिपूर्ण नहीं हो सकता। एक स्त्री पुरूष के जीवन में संतुलन लाती है। मानव जीवन में स्त्री की उपस्तिथि के इन्हीं महत्वों को देखते हुऐ वेद-पुराणों में उसे देवी का रुप बताया गया है। रामनाथ और जयराम के जीवन में नीलम वह स्त्री थी। नीलम को 'गुड्डी' के रूप में अपने नाम का पर्यायवाची मिला।

अक्टूबर 1984 में इंदिरा गांधी की हत्या कर दी गई। यह खबर मवई तक भी पहुंची थी हालांकि उसका असर मात्रा इतना था कि लोगों में इस बात का ज़िक्र हो जाया करता था। जब राजीव गांधी को प्रधानमंत्री बनाया गया तो उन्होंने पुलिस भर्ती की घोषणा की। इस ख़बर ने गांव में सनसनी मचा दी। सभी युवक तैयारियों में जुट गए। मनसुख भी उनमें शामिल था। उसे आभास हुआ जैसे जीवन ने उसे दूसरा मौका दिया है। इस बार शायद वंशी जी उसे जाने से न रोकते। भर्ती से जुड़ी अन्य जानकारियों के लिए उसने डाक्टर से संपर्क किया। डाक्टर ने जो बताया उसे जान मनसुख की आशाओं पर गहरा आघात हुआ। जैसे बादलों से निकली बिजली ने एक हरे-भरे पेड़ को चंद पलों में तहस-नहस कर दिया। तूफान किसी पक्षी के घोंसले को अपने साथ उड़ा ले गया हो। पुलिस में आवेदन के लिए अब पात्रता 10वीं पास थी और मनसुख इस बात से भली भांति परिचित था कि अब शिक्षा के मार्ग पर आगे बढ़ना उसके लिए संभव न था। सभी के लिए यह घटना उनके जीवन चक्र का एक छोटा-सा किस्सा बन कर रह गई। मनसुख ने अपने दर्द को ऐसे दफनाया था कि कोई उसके मनोभावों के आस पास भी न भटका।

गुड्डी के जन्म तक मवई में स्कूल बन चुका था। अब गांव के बच्चों

को शुरुआती शिक्षा के लिए गांव से दूर नहीं जाना पड़ता था। सभी के लिए यह बड़ी राहत की बात थी। परिजन बच्चों को स्कूल भेज निश्चिंत हो कर काम करने में लग जाते थे। गुड्डी का दाखिला भी गांव के ही स्कूल में हो गया। दोनों भाई भी अब उसी स्कूल में पढ़ते थे।

गर्मी के दिनों में स्कूल बंद रहता था। यह समय बच्चों के लिए स्वर्णिमकाल की तरह था। सारा दिन खेल-कूद में निकलता। मई जून की तपती धूप में बच्चे वर्षा की भांति गांव में खुशहाली लाते थे। हर गली में शोरगुल। हर्षोल्लास की गूंज। बच्चों की मौज-मस्ती मानो गलियों की शोभा बढ़ाती थी। यह रौनक होली और दिवाली के दिनों से काम न थी।
गुड्डी भी दोनों भाईयों के साथ छुट्टियों का लुत्फ उठा रही थी किंतु खेल-कूद के अलावा दिन का एक हिस्सा ऐसा भी था जब घर में ही उसकी पाठशाला लगाई जाती थी। दोनों भाई गुड्डी को लिखना और पढ़ना सिखाते थे। छुट्टियां ख़त्म होने से पहले गुड्डी ने इसी तरह काफी कुछ सीख लिया था।

मजबूरी

खेती से कुछ छुटकारा मिल चुका था। बड़े ज़मींदारों के लिए विश्राम के दिन थे और छोटे किसानों ने वर्षा की प्रतीक्षा करना प्रारंभ कर दिया था। गरीब किसान मजदूरी की तलाश में जुट गए। कुछ को गांव में काम मिला तो कुछ आस-पास के गांवों में जाने लगे। कई शहर भी चले गए।

गांवों में नहरों के निर्माण के समय गांव वालों को जीविका कमाने का साधन मिल जाया करता था। नहर के किनारे वर्ग के आकार के चार फूट गहरे गढ्ढे खोदे जाते थे। इनकी चौड़ाई और लंबाई करीबन बारह फुट होती थी। इन गढ्ढों के बीचों बीच कुछ जगह गोलाई में छोड़ दी जाती थी। मजदूरों को खोदे गए गढ्ढों की संख्या के अनुसार दिहाड़ी दी जाती थी।
मनसुख और खुमनी भी मजदूरी के लिए जाने लगे। सुबह घर के सारे काम पूरे करके दोनों कार्यस्थल पहुंच जाते थे। मनसुख खुदाई करता और खुमनी मिट्टी बाहर निकालती। दोपहर में दोनों भोजन करने बैठते और उसके बाद कुछ विश्राम भी करते। लगातार जीतोड़ मेहनत करने के बाद दिन ढलने तक दोनों मिलकर दो गढ्ढे खोद लिया करते थे। कभी-कभी बच्चे भी उनके साथ जाते थे। बच्चों को देख दोनों के थके शरीरों को कुछ राहत मिलती थी। मिट्टी के साथ उनके खिलवाड़ को देखते-देखते कब दिन निकल जाता उन्हें कुछ ख़बर न होती।

छुट्टियां ख़त्म हुई। बच्चे स्कूल में अपना समय बिताने लगे। सब फिर से शिक्षा की ओर बढ़ चले थे। स्कूल के खुलने से मानो गांव की सूरत बदल गई थी। मेलों के जैसे प्रतीत होने वाले मोहल्ले अब

सुनसान थे। जो पेड़ झूलों के वज़न से मचलते थे वे अब मायूस खड़े थे। गलियां खामोशी का परिचय देती थी। लेकिन बच्चों का शिक्षित होना आवश्यक है। बचपन मानव जीवन का वह पड़ाव है जो यूं तो हँसने-खेलने में बीतता है किंतु यहां जिस राह पर व्यक्ति चल देता है सम्पूर्ण जीवन उसी ओर बढ़ता जाता है। शायद यही वह कारण है कि बच्चों को देश के भविष्य के रूप में देखा जाता है।

मनसुख ने जयराम की उच्च शिक्षा के लिए उसे भमौरा भेज दिया। भमौरा जयराम का ननिहाल था। जयराम ने अपने विद्यार्थी जीवन का एक बड़ा हिस्सा भमौरा में बिताया।
पिता और दादा की तरह जयराम भी शिक्षा के महत्व हो भली-भांति समझता था। उसके पास पिता के मुकाबले ज़्यादा अच्छी सुविधाएं और विकल्प मौजूद थे। मनसुख भी उसकी शिक्षा में कोई कसर न रहने देना चाहता था। वह जयराम को हर संभव संसाधान उपलब्ध कराना चाहता था। वह जयराम में अपने सपने को जीवित देखता था। वह नहीं चाहता था कि जयराम गांव के अन्य बच्चों की संगत में रह कर अपने भीतर ऐसे गुण विकसित करले जो उसे सफलता से दूर कर दे। मनसुख उसे ऐसा माहौल देना चाहता था जिसमें न सिर्फ उसका शैक्षणिक विकास हो बल्कि उसके व्यक्तित्व में भी निखार आए। साथ ही मनसुख उसे घर की चिंता-व्यथाओं से दूर भी रखना चाहता था।

बँटवारा

रामनाथ और जयराम एक दूसरे के पूरक थे। जयराम पढ़ाई में रामनाथ की सहायता करता और रामनाथ मस्ती करने के नए-नए साधन खोजता। साथ मिलकर दोनों भाई बचपन के हर पल को रोमांच के साथ जीते थे। उनकी जोड़ी राम-लक्ष्मण से कम न थी। एक दूसरे पर जान देने को तैयार। चाहे परिस्तिथियाँ कैसी भी हों पर साथ छोड़ना उन्हें गवारा न था। दोनों भाई गांव के लोगों के लिए आदर्श पुत्र थे। ये वंशी जी के ही संस्कार थे जो मनसुख से होते हुए उन दोनों तक पहुंचे थे।

मनसुख ने रामनाथ को आवासीय विद्यालय में भेजने का निर्णय किया। बिजना में शुरुआती शिक्षा पूरी करने के बाद रामनाथ टेहरका चला गया। टेहरका मध्य प्रदेश राज्य के टीकमगढ़ जिले की निवाड़ी तहसील में एक गाँव है। यह सागर संभाग के अंतर्गत आता है। आवासीय विद्यालयों में पठन-पाठन के लिए स्वस्थ्य वातावरण होता है। नियमों का बंधन विद्यार्थी जीवन में अनुशासन लाता है। बच्चे अपना काम स्वयं करना सीख जाते हैं। मानवीय प्रवत्ति की विभिन्नताओं को समझने और लोगों के बीच रहने का अनुभव भी एक आवासीय विद्यालय में रह कर ही हासिल किया जा सकता है।

गुड्डी भी अब बड़ी हो चुकी थी। दोनों भाईयों की तरह उसमें भी पढ़ने की ललक विद्यमान थी। अपनी सखी-सहेलियों में सबसे होसियार होने पर भी पांचवी के बाद स्कूल के द्वार उसके लिए बंद हो गए। यह निर्णय मनसुख या खुमनी का नहीं बल्कि उस समाज का था जिसमें गुड्डी ने जन्म लिया था। गुड्डी अब उस समाज की नज़र में एक छोटी बच्ची नहीं अपितु एक वयस्क नारी थी जिसका

दमन करना मानो उसका परम धर्म हो। किसी लड़की का गांव के बाहर जा कर पढ़ना पुरूषों की प्रधानता पर गहरी चोट करता है। यह दृश्य सिर्फ मवई का ही नहीं, अपितु भारतवर्ष के तमाम गांव-कस्बों का भी यही हाल है।

समय के साथ बलदाव अवश्य आएगा किंतु इस बदलाव के आगमन से पहले गुड्डी जैसी कितनी ही लड़कियों ने अपने स्वप्नों को समाज के नियमों के आगे पस्त पड़ते देखा है। गुड्डी को आगे न पढ़ पाने का मलाल शायद उम्र भर रहे परंतु उसने इस परिर्वतन का स्वागत यूं किया जैसे यही उसकी नियती है और इसका आभास उसे पूर्व में ही हो चुका था।

खुमनी का हाथ बटाना अब उसका नित्य कर्म था। चूल्हा-चौका करना, झाड़ू लगाना अब उसके लिए परेशानी का सबब न था। उसकी दिनचर्या बदल गई थी।

बढ़ती आयु का प्रकोप केवल यहीं तक न था। गुड्डी को मिलाकर अब घर में सदस्यों की संख्या नौ हो चुकी थी। व्यय में वृद्धि आना स्वाभाविक था।

तुलसी और गणेश भी अब कमाने लगे थे। तीन भाईयों की आय का वितरण नौ जनों के परिवार पर होता था। वंशी जी की दृष्टि में यह विभाजन नीतिगत नहीं था। उनके अनुसार यह तुलसी और गणेश के साथ अन्याय था।

बच्चों की पढ़ाई में आमदनी का एक हिस्सा जाता था। इसके अलावा बाकी खर्चों की भरपाई करने के लिए मनसुख की अकेले की कमाई अधूरी पड़ती थी।

तुलसी और गणेश के हितों की रक्षा करने के उद्देश्य से वंशी जी ने बँटवारा का आदेश दिया। मनसुख, खुमनी और उनकी संताने को संयोजित कर अब एक अलग परिवार बन चुका था। मनसुख न

चाहते हुए भी वंशी जी की इस कठोरता के आगे नतमस्तक रह गया। माता-पिता की इस निष्ठुरता के बावजूद भी उसके मन में उनके प्रति तिरस्कार या द्वेष की कोई भावना नहीं थी।

यह मनसुख के जीवन का एक नया दौर था। अब उसका एक अलग परिवार था। वह घर का मुखिया था। अब किसी भी मुद्दे को लेकर उसे अकेले ही निर्णय तक पहुंचना था। खुमनी के हाथ गृहस्ती का जिम्मा आया। वह घर के बाहिरी खपरैल में अलग चूल्हा जलाने लगी। किस दिन कौन तरकारी बनेगी अब वही निर्धारित करती थी। बच्चे इस संपूर्ण घटना को समझने का प्रयास करते, किंतु इसमें कुछ भी उनकी समझ के परे था। उनके लिए परिस्थितियों में किसी भी परिर्वतन को पहचान पाना आसान नहीं था।

वैसे तो मनसुख इन रोज़मर्रा की कठिनाइयों से भली-भांति परिचित था परंतु इस आंतरिक विभाजन के बाद उसके कंधों का भार बढ़ गया। बंटवारा ज़मीन-जायदाद का नहीं था। यह तो केवल आय-व्यय का बंटवारा था। आमदनी उतनी ही थी लेकिन खर्चे बढ़ते जा रहे थे। मुश्किलें इतनी थी कि एक समय की रोटी के लिए भी जद्दोजहद करनी पड़ती थी। ऐसे में बच्चों की शिक्षा को आगे बढ़ाना अब गरीबी में आटा गीला करने के समान था किंतु यदि बच्चे शिक्षित नहीं होते तो मनसुख और खुमनी के परिश्रम का कोई अर्थ न निकलता। मनसुख भी यही चाहता था। वह जिन अवसरों से वंचित रहा, उसकी संतानों को वह अवश्य प्राप्त हो।
एक गरीब आखिर और क्या ही आशा करता है। उसके पास कोई कारोबार नहीं होता जो वह अपने वंशजों को सौंप सके। वह बस उनके सुखद जीवन की कामना करता है। उसके लिए उसकी संतान ही सारी धन-दौलत है। समाज का यह एक हिस्सा ऐसा होता है जिस

पर ईश्वर की कृपादृष्टि कभी नहीं पड़ती, फिर भी सुविधाओं के अभाव में ये जीवन व्यतीत करते हैं और प्रभु को धन्यवाद देते हैं।

ममता की छाँव

पुत्तो बाई और वंशी जी अब वृद्धावस्था में प्रवेश कर चुके थे। ढलती उम्र ने अपना असर दिखाना शुरू कर दिया था। स्वास्थ्य में गिरावट का आना स्वाभाविक था। बदन दर्द और हरारत जैसी समस्याएं अब रोज की थीं।

वंशी जी के मुकाबले पुत्तो बाई की तबियत कुछ ज्यादा गड़बड़ा रही थी। उनके लिए खाट पर से उठना भी दुश्वार हो गया। सारा दिन बस लेटे-लेटे ही बीत जाता। कभी मनसुख तो कभी खुमनी उनकी सेवा में लगे रहते। मौका मिलने पर जयराम और रामनाथ भी दादी के हाथ पैर दबाने लगते। लगातार इलाज और दवा-दारू के बावजूद भी उनकी स्तिथि में कोई सुधार न आता।

सबने अंदाज़ा लगा लिया कि अब उनके जाने का समय समीप आ गया है। पुत्तो बाई भी अब हार मान चुकी थीं। कुछ उम्मीद की किरणें बाकी थी तो केवल मनसुख के मन में। यह जायज भी था। आखिर कैसे कोई बालक अपनी मां का आंचल छोड़ने को तैयार होता। वक्त के तकाजे में दुनिया भले ही परिवर्तन की भेंट चढ़ जाए किंतु एक मां की ममता में तनिक भी कमी नहीं आती।

मां का उसके पुत्र के लिए प्रेम प्रशांत महासागर से कम गहरा नहीं। उसकी ऊंचाई हिमालय की चोटियों से कम नहीं आंकी जा सकती। उसके आंचल की छांव सूर्य के तेज को भी ललकार देती है। उसकी कोक में किया स्तनपान सुधा के समान है।

सन् 1991 में पुत्तो बाई अपने पोतों के विवाह में सम्मलित होने की कामना मन में लिए परलोक सिधार गईं। वंशी जी जीवन के अंतिम पड़ाव पर अब अकेले थे। उनके सुख-दुःख की साथी उनको बीच रह

में छोड़ गई थी। वृद्धावास[6] में आने का एहसास अब उनको होने लगा। उनका मन खिन्नचित था। बचपन जितना सुहावना और सुखदाई है, बुढ़ापा उतना ही कष्टदायक और बंजर। एक ओर नए-नए लोगों से मेल मिलाप होता है तो वही दूसरी ओर एक-एक करके सबका साथ छूटता जाता है। जहां बचपन में सब जगह घूमने को जी चाहता है, वहीं जीर्णावस्था में मन थक हार कर विश्राम करने को व्याकुल होता है। पुत्तो बाई के साथ बिताए हर एक पल का चलचित्र उनके समक्ष करवट बदल रहा था, किंतु समय के इस षड्यंत्र के आगे आखिर किसकी चली है। आकाश में मेघों से बनी आकृति के समान क्षण भर में पुत्तो बाई की छवि उनकी आंखों से ओझल हो गई।

पुत्तो बाई सबकी दिनचर्या में खलल डाल कर चली गई। मनसुख के सिर से मां का साया हट गया। अब उसे मातृस्नेह की अनुभूति फिर कभी न होगी। मां का कोमल स्पर्श अब उसे सुशोभित न करेगा। जब वह खेत से थक-हार कर लौटेगा तो मां स्नेहिल वाणी से उसका हाल न पूछेगी। एक मांगने पर दो रोटी देने वाली मां अब नहीं थी। पिता की डांट से बचाने वाली मां अब नहीं थी। सोने से पहले लोरियां सुनाने वाली मां अब नहीं थी।
खुमनी अब किस से व्रत की सही विधि जानेगी। उसके कार्यों में त्रुटि निकालने वाला अब कोई न था। किसकी निगरानी में पूजा की सामग्री तैयार करेगी। गलती करने पर कौन उसे फटकार लगाएगा। बच्चे अब किसके समक्ष अपना वात्सल्य प्रदर्शित करके पैसे मांगेंगे। मां से पिटने के बाद जब वो रोएंगे तो कौन उन्हें प्यार से चुप कराएगा। भारतभर्ष में दादी पहली मां होती है। जब तक शिशु बच्चा

---

[6] **बुढ़ापा।**

नहीं बन जाता तब तक उसकी देखरेख दादी के हाथों में होती है। बच्चे अब उस मां के दर्शनमात्र को भी तरस जाएंगे।

शिक्षा का महत्त्व

सन् 1992। बिल क्लिंटन अमरिका के 42वें राष्ट्रपति बने। भारतीय प्रतिभूति और विनिमय बोर्ड (सेबी) का गठन हुआ। हर्षद मेहता द्वारा किए गए घोटाले का कच्चा-चिट्ठा सुचेता दलाल के हाथों खोला गया। बाबरी मस्जिद पर हमला और अनेकों घटनाएं।
इतिहास के इन पदचिन्हों के बीच एक निशान जयराम से मेल रखता था। वह दसवीं कक्षा में 60 प्रतिशत अंकों के साथ प्रथम श्रेणी में उत्तीर्ण हुआ था। मनसुख के लिए यह अभिमान की बात थी। गांव मोहल्ले में उसकी शान जो बढ़ गई थी। पुत्र की इस उपलब्धि ने मनसुख के बच्चों को शिक्षित बनाने के विचार को बढ़ावा दिया था।

शिक्षा सोने की भांति है जिस पर बीतते दिनों का कोई प्रभाव नहीं होता। जो पानी और हवा के आघातों का डटकर सामना करती थी। मनसुख के घर में वास्तविक सोने का भले ही अभाव हो लेकिन इस स्वर्णरूपी शिक्षा की भरमार थी। शिक्षा का महत्त्व सोने के बेशकीमती आभूषणों के स्वामित्व से कम न था।

गुड्डी घर के कामों में निपुणता हासिल कर रही थी। मां के साथ कभी-कभी लकड़ी लेने जाती। आटा गूंथने के लिए उसमे कितना पानी मिलाना है, मसालों का अनुपात क्या रखना है, तरकारी को कब चूल्हे से उतारना है आदि मामलों में अब उसे खुमनी की सहायता नहीं लेनी पड़ती थी। उसके गुणों को देखते हुए उसके लिए वर ढूंढना बिल्कुल भी कठिन न था। गुड्डी की ओर से मनसुख और खुमनी निश्चिंत हो चुके थे। यदि कोई कसर थी वह थी उसकी आयु। कुछ वर्षों में वह घड़ी भी आएगी जब वह पराए घर को अपना बना, उसकी ज़िम्मेदारियां अपने हाथ ले लेगी।

रामनाथ आठवी में था। भाई के प्रदर्शन से उसे भी प्रोत्साहन मिला था। आखिर दो वर्ष बाद उसे भी उन्हीं हालातों का सामना करना था। बढ़े भाई के मुकाबले रामनाथ की पढ़ने में रुचि कम थी। गणित और विज्ञान में उसका हाथ तंग रहता था।

बरसात के दिन आ चुके थे। पहले कलेंडर में माहों को देख कर ऋतु का भी पता लगाया जा सकता था (अब तो उसमें सिर्फ़ तारीखें नज़र आती हैं)। तब तक मानवों ने प्रकृति को इतनी ठेस नहीं पहुंचाई थी। मूसलाधार वर्षा आम बात थी। ऐसे सावन को खपरैल में बिताना किसी जंग को जीतने से कम नहीं था। कई रातें इंद्रदेव की लीला देखते गुज़रती थी। जगह-जगह से टपकते पानी के बचाव में बर्तनों को पूरे घर में सजा दिया जाता था। ऐसे में बर्तनों की कमी गरीबी के एहसास को तरोताज़ा कर देती है।
एक दो बारिश के बाद खेत जोतने लायक हो जाते थे। रबी की फसल के दौरान खेत की मिट्टी बड़े-बड़े ढेलों में तब्दील हो जाती है जो वर्षा से धुल कर अपने वास्तविक रूप में आ जाती हैं। इससे हल चलाने में आसानी होती है। अब खरीफ की बारी थी। मूंगफली जो आज सावन की फसलों में सबसे सामान्य है तब केवल बड़े ज़मींदारों के खेतों की शोभा बढ़ाती थी।

रबी खरीफ की अदलाबदली देखते-देखते जयराम भी कृषि के दाव-पेंच सीख रहा था। अगर नौकरी नहीं लगी तो जीवनयापन का वही एक साधन उसके पास भी था। क़िस्मत चाहे साथ न दे लेकिन भूमि कभी अकेला नहीं छोड़ती। आखिर यही तो किसानपुत्र का कर्तव्य है की वह पिता की विद्या को आने वाली पीढ़ियों में भी जीवित रखे।

अब वह बारहवी का विद्यार्थी था। बारह वर्ष तक शिक्षा की राह पर

चलना कोई मामूली बात न थी। उसके साथ रामनाथ को भी बोर्ड की परीक्षा के प्रश्नपत्रों को हल करना था। वह दसवीं में आ चुका था। दोनों भाईयों की कक्षा, बुद्धि और समझ में भले ही समानता न हो परंतु उनके लक्ष्य और मानसिकता में वह एकता थी जो एक और एक को ग्यारह बनाती है।

परीक्षा हुई। कुछ माह में परिणाम भी घोषित कर दिए गए। दोनों भाईयों ने लगभग एक समान प्रदर्शन किया। रामनाथ ने 54 और जयराम ने 56 प्रतिशत अंक प्राप्त किए।

पितृत्व अवकाश

पाठक जी गांव के बड़े महाजनों में से थे। लोग उन्हें 'पाठक बब्बा' कह कर संबोधित करते थे। दूसरे रईसों की तरह नाम बड़े और दर्शन छोटे नहीं थे। कोई पुण्य-धर्म का काम हो या किसी गरीब की मदद करनी हो, पाठक बब्बा का द्वार सदैव खुला रहता था। ऐसा भी न था कि समाजसेवा के चक्कर में घर की माया लुटाते हों। चतुर भी बहुत थे। एक बार तो कुछ गडरियों को उन्हीं की जमीन बेच दी थी। अच्छों के लिए अच्छे और बुरों के लिए बुरे।
पाठक बब्बा ने ग्रामसमाज के हित में हरिजन बस्ती के निर्माण में अहम भूमिका निभाई। यह बस्ती गांव के पुराने आवासों से उत्तर की दिशा में बनी। यह कहना गलत नहीं होगा कि उनकी बदौलत ही लोगों को छोटी झोपड़ियों से छुटकारा मिल पाया। हरिजन बस्ती में मनसुख और तुलसी को भी घर मिले। गणेश के हिस्से में पैतृक घर आया।

पत्निशोक में वंशी जी की हालत भी अब धीरे-धीरे बिगड़ने लगी थी। पुराना मर्ज़ दस्तक दे रहा था। लकवे के लक्षण फिर से नजर आने लगे थे। वंशी जी दोबारा लकवे से ग्रसित हो गए थे। बंटवारे के बाद तीनों बेटों के पास रहने का समय अब निश्चित था। हर एक के पास चार-चार महीने। जीवन के अंतिम दिन उन्होंने मनसुख के घर बिताए। लेटे रहना अब उनका एकमात्र कार्य था। रामनाथ और जयराम सारा दिन उनकी खुशामद में लगे रहते। पत्नि की इच्छा अब उनकी ख्वाहिश बन गई थी। पोतों का विवाह देखने की लालसा उनके मन में घर चुकी थी। मनसुख भी उनकी मनोकामना पूरी करने के प्रयास में था किंतु वंशी जी की जीवनरेखा में अब कोई सुख शेष नहीं था। पत्नि की मृत्यु के दो वर्ष पश्चात् 1994 में शर्दियों की एक रात

पुत्र की सेवा का आनंद लेते हुए वंशी जी अचला[7] से प्रस्थान कर गए। मनसुख का जीवन दरिद्रता के हर पैमाने पर खरा उतर रहा था। दो साल के भीतर उसके सिर से मां-बाप का हाथ हट गया। अब कौन उसके कार्यों का आंकलन करने बैठा है। शायद अब गलतियां करने पर किसी का भय भी न हो। किससे संबंध बनाए रखना है और किससे बोल-चाल बंद करना है, यह अब उसकी व्यक्तिगत राय पर निर्भर था। यह एक नया दौर था। मनसुख का दौर।
वह भले ही एक परिपक्व कृषक हो लेकिन पिता की सलाह की कमी उसे अवश्य मेहसूस होगी। खुमनी को अब घर में घूंघट डालने की ज़रूरत नहीं थी।
पिता न केवल पुत्र के व्यक्तित्व को प्रभावित करता है, बल्कि बड़े होने पर लोगों के साथ उसके रिश्ते कैसे होते हैं, इस पर भी प्रभाव डालता है। एक पिता अपने बच्चे के साथ जिस तरह से पेश आता है, उससे यह प्रभावित होता है कि वह दूसरे लोगों में क्या देखता है।

पिता की मृत्यु तक तीनों भाई अपना अलग परिवार बसा चुके थे। सब अपने घर के मुखिया थे। पिता की अनुमति लेने वाले दिन तो बंटवारे के समय तक ही थे परंतु अब उनका परिवार तीन हिस्सों में बंट चुका था। यह घटना उनके बीच दूरियों को बढ़ाने वाली थी। तीनों ने मिलकर तेरहवीं का भोज कराया। उनकी सहयोगिता से पूर्ण हुआ वह आखिरी कार्यक्रम था।

जयराम बारहवीं पास कर चुका था। आगे पढ़ने की चाह तो थी लेकिन परेशानियों से घिरे रह कर चाहत पूरी करना इतना आसान न था। मौका मिलने पर वह कभी रामनाथ के साथ तो कभी अकेले

---

[7] **पृथ्वी।**

मजदूरी को जाता था।
बेटों ने घर संभाला तो मनसुख को हालात सुधरते तो नज़र आए पर गनीमत थी कि त्यौहारों पर एक बार के सेवनमात्र को ही पकवान बन जाए। मकरसंक्रांति पर दोनों भाई उल्दन में बन रहे रोड पर काम करने गए ताकि उनके घर भी तिल और गुड़ का पर्व मनाया जा सके। लड्डुओं की लालसा उन्हें वहां खींच ले गई। दूसरों को देख अपनी स्तिथि अधिक दयनीय लगती है। लोगों के घर सातों दिन तरकारी बनती थी जबकि उनके आधे दिन चटनी-अचार संग गुज़रते थे। औरतें घर की अटारी पर बैठ हवाओं का लुत्फ उठाती थी और खुमनी एक पक्के घर का सपना मन में बसाकर अपने भाग्य को कोसती थी।
जयराम और रामनाथ सफलता की ओर अग्रसर हो चुके थे पर जिस मंजिल तक पहुंचने का लक्ष्य उन्होंने बनाया था अभी वह कोसों दूर थी। पहेलियां सुलझाने वाली युक्ति असल ज़िंदगी में कारगर नहीं होती। केवल सही मार्ग चुनने से जीवन का उद्धार नहीं होता अपितु उसमें आने वाली कठिनाइयों से पार पा कर निरंतर आगे बढ़ना होता है। उनकी शिक्षा और संस्कारों में कितना ज़ोर था इसका असली इम्तिहान अब होने वाला था।

मनसुख पर पाठक बब्बा की अच्छी दयादृष्टि थी। गांव के अन्य सम्मानित लोगों की तरह वह भी मनसुख के व्यक्तित्व के प्रशंसक थे। मनसुख उनसे मुसीबत आने पर बेझिजक मदद मांगने चला जाता। लोकतंत्र के समय भी दोनों के बीच राजा-प्रजा से संबंध थे। पाठक बब्बा के बाड़े में ईंटों की एक पुरानी कोठरी थी। उसके ऊपर बनी अटारी उसे गांव के सबसे ऊंचे घरों में शुमार करती थी। रामनाथ और मनसुख से उसे तोड़ कर उसका पुनर्निर्माण करने का आग्रह किया गया। पिता-पुत्र की जोड़ी ने दो महीनों में कार्य समाप्त

कर दिया। दिहाड़ी में उन्होंने मनसुख को गांव के नज़दीकी खेत का एक छोटा-सा हिस्सा दे दिया। यह ज़मीन खेत के किनारे होने की वजह से वृक्षों से भरी पड़ी थी। मनसुख ने झाड-झंखाड़ की सीमा से घेर कर उसे अधीन कर लिया और बाड़े के रूप में उसका प्रयोग करने लगा।

पुत्र का विवाह

जयराम ने निवारी के स्नातक कॉलेज में दाखिला लिया। उसने विज्ञान में अपनी रुचि को वरीयता[8] दी और बी.एस.सी. (B.Sc) करने का निर्णय किया।

जयराम पिता के अधूरे सपने को पूरा करना चाहता था। पुलिस की नौकरी पाना अब उसका लक्ष्य बन चुका था। अपने अवसरों को बढ़ाने के लिए वह अपने कॉलेज के

राष्ट्रीय कैडेट कोर (एन.सी.सी.) समूह में शामिल हो गया। यह युवाओं को संवारता है और उन्हें अनुशासित बनाता है। इसमें कैडेट्स को छोटे हथियारों और परेड में बुनियादी सैन्य प्रशिक्षण दिया जाता है। एन.सी.सी. कैडेट को कुछ पदों पर चयन के दौरान सामान्य उम्मीदवारों पर वरीयता दी जाती है। एन.सी.सी. में जुड़ कर वह नौगांव में एक शिविर का हिस्सा बना। नौगाँव मध्य प्रदेश के छतरपुर ज़िले में स्थित एक नगर है। शिविर में कैडेट को एक फौजी की तरह प्रशिक्षण दिया जाता है।

माता-पिता के जाने के बाद से ही जयराम के विवाह का विचार मनसुख के मन में दृढ़ता से बैठ गया था। शायद पुत्तो बाई और वंशी जी की क़िस्मत में ही पोते का विवाह नहीं था। संयोगवश वंशी जी की मृत्यु के कुछ माह बाद ही जयराम का संबंध तय हो गया। साल 1995 का था और जयराम घोड़ी चढ़ने को था। मैंदवारा के काशीराम और बप्फो देवी की बेटी 'रामदेवी' मनसुख की पतोहु बनने वाली थी। सांवले रंग और गोल मुख वाली रामदेवी अपने माता-पिता की सबसे बड़ी संतान थी। उसकी सुंदरता उसकी छवि में बसती थी। उसके दो

---

[8] **पसंद, तरजीह।** (***Preference***)

छोटे भाई थे जिनका नाम पर्वत और मन्नू था।
बारात से दो दिन पूर्व जयराम और रामनाथ में किसी बात को लेकर आनाकानी हो गई। ये नोंक-झोंक यहां तक जा पहुंची कि रामनाथ ने बारात में जाने से इंकार कर दिया। जयराम भी कम हठी न था, उसने भी पूछने की ज़रूरत न समझी। यूं तो यह एक मीठी टकरार ही थी परंतु यदि जयराम बढ़ों के समझाने पर रामनाथ को मनाने न जाता तो शायद उसे बिना भाई के ही ससुराल जाना पड़ता। बारात मैंदवारा पहुंची और उसका सेवा-सत्कार हुआ। बारात के भोज के बाद वरमाला का कार्यक्रम हुआ। सुबह फेरे और रामदेवी वीरों की भांति पचासों बारातियों के साथ अकेले मैंदवारा को अलविदा कह चली।
जयराम को दहेज के रूप में एक साइकिल, एक रेडियो और कलाई घड़ी मिली। उन दिनों इतना कुछ मिलना आम बात न थी। यही मानो कि काशीराम जी ने अपनी अब तक की सारी कमाई बेटी के विवाह में झौंक दी थी।

जयराम ने कॉलेज के दूसरे वर्ष में प्रवेश कर लिया था और रामनाथ को अब बारहवीं की बोर्ड परीक्षा का सामना करना था। रामनाथ ने पूरे साल किताबों का दामन न छोड़ा। आँखों के समक्ष उसके परिवार की दशा ही उसके लिए प्रेरणा का स्त्रोत थी। जो ऊर्जा और लगन रोज़मर्रा के अनुभवों से प्राप्त होती है वही मानव को सच्ची सफलता की ओर अग्रसर करती है। रामनाथ के निरंतर परिश्रम के बावजूद उसके नाम "बारहवी पास" का तागा न लग सका। परीक्षा के पूर्व रामनाथ को तेज़ बुखार ने जकड़ लिया। ताप ऐसा चढ़ा की रामनाथ के मनसूबों पर पानी फेर गया। उसकी मेहनत का उसे कोई फल न मिला। बुखार के चलते वह परीक्षा में शामिल न हो सका।
हालात ऐसे थे कि उसने दोबारा प्रयास न किया। रामनाथ ने शिक्षा की राह पर आगे कदम न बढ़ाया। उसके अनुसार यह समस्याओं को

बढ़ावा देना था। वह पिता को सहारा देने के लिए मवई में बस गया। खेत और घर के छोटे-मोटे कामों का ज़िम्मा उसने अपने सर ले लिया।

मनसुख की आमदनी कुछ खास न थी। गुड्डी भी विवाह के योग्य हो गई थी। आखिर उसके विवाह के लिए भी तो कुछ रकम जमा करनी थी। रामनाथ के आने से उसे काफी सहूलियत हुई। बेटा जब कमाने लायक हो जाए तो बाप का बोझ कम हो जाता है।

कन्यादान

कमाई के अपने शुरुआती दौर में जयराम अम्बाह में पुताई का काम करने गया। यह उसकी छोटी मौसी का ससुराल था। अम्बाह मध्य प्रदेश में स्तिथ है। जब जयराम गांव लौटा तो उसके साथ एक दीवारघड़ी थी जोकि उस समय मवई में इकलौती थी।

सन् 1998 में जयराम ग्रैजुएट हो गया। पूरे परिवार की उम्मीदों का भार अब उसके कंधों पर था। वह घर का सबसे सक्षम विद्यार्थी था। उसने सबकी आशा को हकीकत तक पहुंचाने का प्रण कर लिया और सब-इंस्पेक्टर (SI) की तैयारी शुरू कर दी। उत्तर प्रदेश में रिक्ति[9] न होने के कारण उसने मध्य प्रदेश से आवेदन किया। पढ़ाई के बीच वह जब भी घर आता तो पिता और भाई का हाथ बटाने में लग जाता। लगातार बिना हार माने परिश्रम करने की प्रवत्ति ही उसे बाकियों से अलग बनाती थी।

गुड्डी सोलह बरस की हो गई थी। उसके विवाह की चर्चा अब सिर्फ घर तक सीमित नहीं थी। मोहल्ले की महिलाएं खुमनी से अक्सर इस बात का ज़िक्र किया करती थी। मनसुख जब लोगों के बीच बैठता तो कईं सारे विकल्प उसके सामने पेश कर दिए जाते थे।

उन्हीं विकल्पों में से एक था गुरसरायं के 'घनश्याम' का रिश्ता। पहलवानों जैसा शरीर, लंबा कद और हल्का सांवला सा रंग।

मनसुख के पास देने के लिए बेटी के अलावा कुछ नहीं था। बेटी का विवाह करना ही उसके लिए बड़ी राहत की बात थी। गुड्डी के भाग्य से उसके परिजनों को किसी परेशानी का सामना नहीं करना पड़ा। यदि कोई दुःख था तो बस उससे बिछड़ने का।

---

[9] **खाली जगह। (*Vacancy*)**

जुदाई का दिन आया। घनश्याम हर दूल्हे की तरह असमंजस के बादलों से घिरा था। गुड्डी बारात के आने की खबर पा कर यूं घबराई मानो कोई सेनापति अपनी टुकड़ी के साथ उसके राज्य को लूट कर उसे अपने साथ लेने आया हो। विवाह पूर्ण हुआ। घनश्याम और नीलम एक नए जीवन की नींव रखने को तैयार थे। विदाई की बेला आई। मनसुख को इतने वर्षों बाद अब जनुप्रसाद जी की वेदना का आभास हुआ था। जान पड़ता था मानो कोई उसके घर में रखी देवी की मूर्ती को उससे छीन लिए जाता हो। अब वह किसकी अराधना करेगा। कौन उसके कष्टों को हरेगा। विपदा की अवस्था में किसके आगे सिर झुका कर कृपा बरसाने की विनती करेगा।

खुमनी को अपनी विदाई की याद हो आई। कैसे वह अपने घर को सूना छोड़ पराए घर की चहल-पहल बनने जा रही थी। कैसे उसने बचपन की अपनी एक-एक याद को हर बहते आँसू के साथ भुलाया था। उस दौरान गुड्डी की पीड़ा की अनुभूति खुमनी से अधिक शायद किसी को न हुई हो।

दोनों भाई अब बहन का घर बसाने की चिंता से मुक्त हो चुके थे।

जयराम ने सब-इंस्पेक्टर की परीक्षा में बेहतरीन प्रदर्शन किया। प्रश्नपत्र हल करते ही उसने अपनी सफ़लता को महसूस कर लिया था। उसका हस्ट-पुष्ट शरीर दौड़ और शारीरिक परीक्षण की चिंताओं को पहले ही ख़ारिज कर चुका था। 1998 दिसंबर माह के अंत में परिणाम घोषित होने की ख़बर आई। उसी दौरान श्री दिग्विजय सिंह ने लगातार दूसरी बार मध्य प्रदेश के मुख्यमंत्री पद की शपथ ली थी। जयराम ने जब सरकारी सूत्रों पर परिणाम की जांच की तो उसे दूसरे स्थान पर ही अपना नाम दिख गया। हालांकि अभी अंतिम परिणामों की सूची नहीं आई थी, जयराम ने मन ही मन ज़श्न मना

लिया था।

कुछ ही दिनों में अंतिम परिणाम की घोषणा हो गई। इस सूची ने मानो जयराम पर वज्रघात कर दिया। दसों बार खोजने पर भी उसे अपना नाम कहीं दिखाई नहीं दिया। खबरें उड़ी कि मुख्यमंत्री महोदय ने ही इन सूचियों में फेर बदल करवाया है। जयराम ने जब संपूर्ण जानकारी पाने के लिए अपने संपर्कों का सहारा लिया तो उसे अपनी सफ़लता की कीमत मालूम हुई। अपनी मेहनत का फल चखने के लिए उसे पचास हजार अदा करने थे। इतनी बड़ी राशि एकत्रित करना उसके लिए असंभव से कम न था।

न जाने यह सरकार की चालसाज़ी थी या गरीबी का सिला। जयराम के सपने चकनाचूर हुए थे। मनसुख के परिवार पर फिर से किस्मत की मार पड़ी थी। दो पीढ़ियों के बाद भी दुर्भाग्य के बादल छंटे न थे। कब कोई नौकरी उनकी चौखट लांघेगी यह पिता और पुत्र किसी को ज्ञात न था।

दादा जी

कैलेंडर ने अपना रंगरूप बदल कर अपनी आयु में वृद्धि कर ली थी। सरदियों की मनमानी थी। सफ़ेद धुंध सुबह शाम वातावरण को अदृश्य बना कर अपनी समय की पाबंदी का परिचय देती थी। ज्वार की फसल मिट्टी में अपनी पकड़ मज़बूत बना कर अच्छी पैदावार की दावेदारी पेश कर चुकी थी।

तारीखों के बदलते परिवेश में जयराम के मनोभावों में भी बदलाव आने को था। रामदेवी अपनी दूसरी[10] संतान को मानव जगत से रुबरू कराने वाली थी।

1999 के पहले माह के तीसरे रोज़ अनिल का जन्म हुआ। गेरुआ रंग, गोल मुलायम मुख, सौम्य और आलिशान त्वचा। छवि मानो पिता की परछाई हो।

अनिल घर में अकेला और सबके ध्यान का केंद्र था। परिवार में उसका अस्तित्व बच्चों के समूह में एकमात्र खिलौने के समान था। बड़ा होने के कारण उस पर लाड़-प्यार की खूब बौछार होती थी। मनसुख अब दादा बन गया था। अनिल को देख वह अपने बालपन में खो जाता था। पोते की ज़ुबान से निकला हर अधूरा शब्द उसके वृद्धत्व को पूर्ण बना रहा था। उसकी प्रत्येक क्रीड़ा-विनोद का दर्शन एक तीर्थयात्रा के समान था। वह अब मनसुख के मनोरंजन का इकलौता साधन था।

खुमनी के हाथ अनिल की देखभाल का ज़िम्मा आ गया। सुबह नहलाने से लेकर शाम को दिन भर की उछल-कूद के बाद उसे साफ़-सुथरा बनाना उसकी दिनचर्या का अभिन्न अंग बन चुका था। यही

---

[10] **रामदेवी ने सर्वप्रथम एक कन्या को जन्म दिया था जिसका जीवनकाल मात्र नौ दिन का था। इतनी कम अवधि में उसका नामकरण करना भी संभव नहीं हो सका।**

वह सौभाग्य था जो उसे दादी बनने के बाद प्राप्त हुआ था।

अनिल ने चाचा के साथ भी शानदार जोड़ी बनाई। रामनाथ उसे कंधे से नीचे न उतरने देता। और राजकुमार शाहब भी चाचा के होते हुए क्यों ज़मीन पर पैर रखने लगे।
रामनाथ ने भी भतीजे के संग का जम कर आनंद लिया। उम्र में अंतर अवश्य हो परंतु मनोदशा तो अभी भी बालक के समान ही थी। दुबला-पतला मस्तीखोर नौजवान। जो बस आज में जीना जानता है। जिसने भविष्य की चिंताओ से भेंट में एक पल भी व्यर्थ न किया था। दुनियादारी की जटिलताओं से जिसका मेल-मिलाप अब तक नहीं हुआ था। परंतु जीवन आख़िर कब तक नीम-पीपल की आरामदायक छाव में गुज़रता। यौवन को सार्थक बनाने के लिए उसे कभी तो तपती धूप में खुद को पकाना ही था।
परिपक्वता की ओर बढ़ते हुए मानव जीवन की शायद सबसे कठिन पहेली उसकी राह का पहला रोड़ा बनी अर्थात् उसका विवाह। भतीजे के साथ एक साल की साझेदारी निभाने के बाद अब उससे अपना जोड़ीदार बदलने की मांग होने लगी।

मनसुख के घर बहु के पद के लिए एक और रिक्ति की घोषणा हो चुकी थी। इस पद के लिए सबसे उपयुक्त उम्मीदवार ठहराई गई रामदेवी की मौसी मुलिया देवी की सबसे छोटी बेटी चंदा। मुलिया देवी और बालकिशन जी की चार संतानों का विभाजन दो पुत्र और दो पुत्रियों के रूप में था। बड़े बेटे का नाम आशाराम और छोटे का मलखान। बड़ी बेटी गुड्डी, जोकि उम्र में आशाराम से छोटी और मलखान से बड़ी थी। बालकिशन जी कंजना (कंजन) नामक गांव के निवासी थे। कंजना टीकमगढ़ जिले का हिस्सा है और जयराम की ससुराल मैंदवारा से करीब 17 की.मी. की दूरी पर स्तिथ है।

संबंध तय हुआ किंतु वर की इच्छा के विरुद्ध। चंदा इसका कारण नहीं थी अपितु रामनाथ व्यक्तिगत रुप से समाज की इस प्रथा (विवाह) का आलोचक था। इससे पहले जब लड़की वाले उसे देखने आए थे तो उसने पड़ोस के घर में छुप कर अपनी रक्षा की थी। लेकिन अब इस बला से भागना संभव नहीं था। परिजनों की बात टालना अब उसके बस में न रहा।

सन् 2000 में पहली बार चंदा ने ससुराल की दहलीज लांघी। छबीला बदन और स्वेत रंग। उजले मुखमंडल पर सिंदूर की धार मानो सौंदर्य को परिभाषित करती हो। उस समय पूरे मोहल्ले भर में खुमनी की बहु जैसी कोई दूसरी स्त्री नहीं थी।

जयराम ने घर का सारा भार अपने कंधों पर ले लिया था। उसने ट्रैक्टर और चार-पहिया वाहन चलाना सीख लिया। पाठक बब्बा के ट्रैक्टर के साथ उसने ड्राइविंग के पेशे की शुरुआत की थी। खेती के मौसम उसके लिए कमाई के दिन थे। रामनाथ के विवाह तक वह एक पेशेवर ड्राईवर बन चुका था और बिजना के राजा जी की कार चलाता था।

सन् 2000 में उसने झाँसी में स्थायी काम की खोज कर ली। वह शहर के एक नामी सेठ का ड्राईवर बन गया।

दूसरी ओर रामनाथ गांव में काम न होने के कारण रानीपुर के अपने सहपाठियों संग लुधियाना रवाना हो गया। वहां उसने एक फैक्ट्री मज़दूर के रूप में रोजगार पाया। जयराम घर से नज़दीक था और दो-चार सप्ताह के अंतराल में अपनी मातृभूमि के दर्शन को आ जाया करता था किंतु रामनाथ महीनों तक मवई का रुख न करता। अधिक दूरी के अलावा इसका दूसरा मुख्य कारण था पैसों की बचत। बाहर रहने पर होने वाले व्यय के बाद महीने भर में न के बराबर रूपए बचाए जा सकते थे। यही वजह थी कि वह तीन-चार माह तक

परिजनों से दूर रहता था।

चंदा के आने तक अनिल ने एक साल के जीवन का लुत्फ उठा लिया था। चंदा रसोई और घर का काम संभालने लगी। रामदेवी और खुमनी कुछ मज़दूरी कर थोड़ी बहुत आय पैदा करती और साग-सब्जी का काम चलाती।
मनसुख को अब कुछ वक्त आराम के लिए भी मिलने लगा। हार-खेत का काम ही उसके लिए शेष था। उसके कारीगरी के कौशल का उपयोग केवल गांव में निर्मित होने वाले घरों तक सीमित हो गया था। औरतों द्वारा डांग[11] से लाई गई लकड़ियों को चीर-फाड़ कर जलाने लायक बनाने का काम अब कभी-कभार का था। उसकी दिनचर्या का अधिकतम समय अनिल के साथ बीतता। उसकी तोतली वाणी कर्णों के लिए सुधा के समान थी। उसकी नौटंकी देखने से कभी जी न भरता। युवावस्था में जिन सुखों से वह वंचित रहा अब उस छोटे जीव के आने से मानो पूरे हो रहे हो। पोते की उपस्थिति ने वृद्धावस्था को मनसुख के जीवन का सबसे सुखद दौर बना दिया।

---

[11] **जंगल।**

किलकारियों की गूँज

जयराम को नई नौकरी जम रही थी। अपने मिलनसार स्वभाव के फलस्वरूप उसने सेठ के साथ अच्छे संबंध स्थपित कर लिए थे। वह उनके घर का सदस्य बन चुका था। रामनाथ भी अपने काम में कुशल हो चुका था। माह दर माह घरेलू खर्चों के लिए पैसे भेज देता। घर लौटते समय भी वह कुछ राशि इकट्ठा कर लाता था।
बेटों ने जब से बागडोर संभाली थी मनसुख के जीवन में स्थिरता का आगमन होने लगा था। चिंता का स्तर अब उत्तरजीविता[12] से उठ कर विकास तक आ पहुंचा था। पुत्रों की शिक्षा और संस्कारों में किया उसका निवेश अब लाभ देने लगा था। अपनी वर्षों की मेहनत का फल उसे मिल रहा था।

बरसात के दिनों में घर में पानी भरना एक सामान्य समस्या थी। मौसम की मार से बचने के लिए अंदर वाले घर के ऊपर अटारी बनाई गई थी। भोजन पकाने के लिए अटारी का प्रयोग होता था। बर्तन और कपड़े भी भीगने से बचाने के लिए अटारी पर रख दिए जाते थे।
आसरे की आपूर्ति को पूरा करने के लिए मनसुख ने बाड़े के आख़िरी छोर पर एक खपरैल का निर्माण शुरू कर दिया। उसके साथ एक छोटी झोपड़ी भी बनाई गई। घर तैयार होने के बाद मनसुख रात में वहीं सोने लगा। पहरेदारी भी हो जाती और स्वामित्व का भाव भी उजागर होने लगा।

अनिल ने स्कूल जाना आरंभ कर दिया था। शुरुआती सालों में उसने

---

[12] **किसी जीव की जीवित रहने और अपना अस्तित्व बनाए रखने की क्षमता। (*Survival*)**

गुरसराय में अपनी बुआ के घर रह कर पढ़ाई की। घर से दूर रहने का अभ्यास वह बचपन से ही करने लगा। गुरसराय में रहने की एक वजह यह भी थी कि वह घर में अकेला था और उसके साथ खेलने को वहां कोई नहीं था। बुआ के आंगन में उसका मन लगा रहता था। लेकिन अब समयरूपी दरिया में तनहाई की नाव डूबने वाली थी। अपने मां होने का फर्ज़ निभाते हुए रामदेवी ने अनिल की अन्य दूसरी समास्याओं की भांति इससे भी उसे निजात दिला दिया। उसने 31 मार्च सन् 2002 को अवनीष को जन्म दिया। नन्हा ललाट, चौखट मुख और मां की ही तरह हल्का सांवला रंग। अवनीष का क्रंदन सबकी प्रसन्नता का कारण बन गया। दुग्धामृत के सेवन की कामना मन में लिए वह सारा दिन मां के दामन से लिपटा रहता। अवनीष इस घर में मातृस्नेह का सबसे बड़ा लालची था।
अनिल बुआ का दामन छोड़ मवई लौट आया। उसकी खुशी उतनी ही थी जितनी लक्ष्मण के जन्म पर राम की थी। अब वह घर में सबसे छोटा नहीं था। उसके लिए यह दोहरे बदलाव की स्थिति थी। जहां एक ओर उसके सम्मान में बढ़ोत्तरी होने वाली थी तो वहीं दूसरी ओर उसको मिलने वाले प्रेम का एक हिस्सा अवनीष की झोली में जाने वाला था।
अनिल का दाखिला अब बिजना के प्राथमिक विद्यालय में हो गया था। मनसुख उसके प्रतिदिन के बिजना से मवई और मवई से बिजना तक के सफ़र का मार्गदर्शन करता। जब तक अवनीष उसके साथ विद्यालय जाने योग्य नहीं हुआ, अनिल कभी अकेला नहीं गया।

खुमनी के चलते घर की समस्याएं मनसुख के मस्तिष्क का द्वार खोजने में असमर्थ रही। 'स्त्री' होने के नाते उसने बड़े स्वप्नों को अपने नेत्रों में प्रवेश नहीं होने दिया। यही उसके विवाहित जीवन की मंज़िल थी। खुमनी ने उस सहायक किरदार की भांति शांति पूर्वक

अपने सहयोग से मनसुख की इस आत्मकथा को अर्थपूर्ण बनाया था जो परिश्रम तो करता है किंतु श्रेय से दूरी बना कर रखता है। उसने आदर्श पत्नि के प्रत्येक पैमाने पर अपनी मुहर लगाई थी। वह न केवल मनसुख को भावनात्मक समर्थन देती थी बल्कि परिवार की ज़िम्मेदारियों को भी सजगता से निभाती थी। खुमनी ने भारतीय नारी की व्याख्या को प्रमाणित किया था।

सन् 2004। सावन का महीना। इंद्रदेव ने पृथ्वी का भ्रमण शुरू कर दिया था। वह जहां-जहां पग धरते, हरियाली की परत बिखेर जाते। रक्षाबंधन बस कुछ दिनों दूर था। नई-नवेली बहुएं मायके की रट लगाने लगी थी। अन्य त्यौहारों की तरह रक्षाबंधन भी खफत को बढ़ाकर बचत को चोटिल करने वाला था।
मनसुख के घर का हाल भी दूसरा नहीं था। खर्चे आमदनी को मात दे रहे थे। इन्हीं प्रकरणों[13] के बीच खुशहाली का मुखौटा पहन एक और बाधा उसके घर पधारी। चंदा के गर्भवती होने के कारण खुमनी की बहुएं ससुराल में ही रुकी थी। प्रतिमाह के निश्चित व्यय में वृद्धि कर 25 अगस्त को अंकित ने जन्म लिया। पिता के समान मुख और उजला रंग। जन्म के समय अंकित का शरीर तीनों भाइयों में सबसे कमज़ोर जान पड़ता था। दुर्बल देह ने उसके जीवन पर आशंका के चिन्ह अवश्य छोड़े किंतु ममता की बौछार में अपना अस्तित्व बचाने में सफ़ल नहीं हो पाए।
जयराम भतीजे के जन्मोत्सव पर शामिल होने के लिए मवई आ गया। ताऊ बनने की खुशी उसके मुखमंडल पर झलक रही थी। परिवार के सभी सदस्य अंकित के स्वरूप की तुलना पिता से कर चुके थे, परंतु रामनाथ पुत्र के जन्म का साक्षी न बन सका।

---

[13] **प्रसंग।**

लुधियाना से विदाई लेने में अभी कुछ और महीनों का इंतज़ार था। फैक्ट्री मालिक से किए अनुबंध[14] को पूरा किए बगैर लौटना संभव नहीं था। मज़दूरी उन पेशों में से है जो निर्णय लेने की स्वतंत्रता प्रदान नहीं करता।

काम खत्म करके रामनाथ घर के लिए रवाना हुआ। परदेश में गुज़ार करने का अनुभव लेकर वह मवई पहुंचा और फिर कभी लुधियाना का रुख नहीं किया।

---

[14] सौदा।

सफ़लता की सीढ़ी

खुमनी और मनसुख की जोड़ी ज़िंदगी के मैराथन से संन्यास ले चुकी थी। एक-दूसरे के सहकार्य से दोनों ने एक मज़बूत परिवार की नींव रखी थी। बच्चों का अपने पैरों पर खड़ा होना ही उनकी सच्ची सफलता थी।

जयराम और रामनाथ ने मिलकर माता-पिता की बनाई नींव पर ईंट लगाना शुरू कर दिया था। जो सपना उनके दादा की आंखों की नमी का कारण था वह हक़ीक़त की ओर बढ़ चला था। उनका परिवार आर्थिक तंगी से निजात पा गया है इसकी पुष्टि तब हुई जब, उन्होंने 2004 के वर्ष घर के पास नहर किनारे एक छोटे खेत (टुकिया) की खरीददारी की। खेत का माप अठारह डेसिमल था। ज़मीन ज़्यादा नहीं थी, लेकिन दोनों भाईयों के परिश्रम को परिभाषित करती थी। यहां तक पहुंचने के लिए उन्होंने लंबा सफ़र तय किया था। प्रतिकूल परिस्थितियों में भी वे एक दूसरे का हाथ थामे डटे रहे। दोनों ने एकता की शक्ति का शानदार प्रदर्शन किया था। तीन पीढ़ियों बाद लक्ष्मी की कृपा वंशी जी के घर पर हुई थी।

जयराम की गुज़ारिश पर, उसके सेठ के छोटे भाई ने रामनाथ को काम पर रख लिया। अब दोनों झांसी में रहने लगे थे। झोकन बाग में बनी सेठ की दुकान के ऊपर वाले कमरे में उन्होंने अपना ठिकाना जमा लिया। रामनाथ अपने सेठ के व्यापार से जुड़े सारे छोटे-मोटे काम करता। कभी-कभी लेन-देन का हिसाब भी उसके माथे मढ़ दिया जाता। बैंक से संबंधित कार्य और अन्य व्यापारियों से अपने सेठ की ओर से मोल-भाव करने का काम भी अब रामनाथ का ही था। कुछ ही महीनों में अपने काम में कुशलता हासिल कर वह सेठ का पूरा

कारोबार संभालने लगा। उसने अपनी जीवनशैली को तो काम के अनुसार ढाल लिया किंतु सेठ के चिड़चिड़े मिजाज़ के चलते उससे मन नहीं मिला सका। मालिक के साथ अच्छे संबंध स्थापित न कर पाना रामनाथ के व्यवसायिक जीवन की एकमात्र नाकामी थी।

गांव में मनसुख का रुतबा बढ़ गया था। उसके संस्कारों की तारीफ़ से लदे वाक्य सबकी ज़ुबान पर होते। जो सम्मान उसने अपने पिता को दिलाना चाहा, आज वही सम्मान उसे अपने पुत्रों के द्वारा प्राप्त हो रहा था। यदि वंशी जी जीवित होते तो पोतों की प्रशंसा में ही अपनी तमाम ऊर्जा खर्च कर देते।

जयराम और रामनाथ ने सफलता की राह खोज ली थी। निरंतर प्रयास से दोनों एक दूसरे का सहारा लिए आगे बढ़ते जा रहे थे। वे उन ऊंचाइयों की ओर अग्रसर हो चुके थे जिसकी कल्पना मनसुख ने कभी नहीं की थी।
सन् 2006 में उन्होंने कुछ और ज़मीन ख़रीद कर मनसुख और खुमनी को गौरवान्वित होने का एक और अवसर प्रदान किया। अपने कुंए के नज़दीक साढ़े तीन बीघा का खेत अब मनसुख के पट्टे में आ गया था। उनकी पुश्तैनी जायदाद का डेरा भी कुंए के पास ही था जोकि उस सौदे को सुविधाजनक और लाभदायक बनाता था।

इसी क्रम में अगले वर्ष उनकी संपत्ति में और इज़ाफा हुआ। नहर किनारे एक और खेत मनसुख की सम्पदा का हिस्सा बन गया। इस खेत की मेढ़[15] एक बीघा के दायरे में फैली हुई थी। जल की उपलब्धता और बेहतर उर्वरता के चलते, इसके लिए उन्हें सामान्य से अधिक कीमत चुकानी पड़ी थी। खेत की भौगोलिक अवस्थिति के

---

[15] **खेत की सीमा।**

कारण भी उसके दामों में कुछ वृध्दि हुई थी। और फिर नहर के पास की ज़मीन आख़िर बेचता ही कौन है। ऐसे में उसे पाने के लिए लोग चार पैसे ज़्यादा देने को भी राज़ी हो जाते हैं।

जयराम का उद्योगी जीवन सुनहरे पथ पर गतिवान था। भाई के सहयोग ने मानो उसमें चार-चांद लगा दिए थे। दोनों ने कामकाजी और पारिवारिक जीवन में उत्तम सामंजस्य बिठाया था। आर्थिक स्थिति को मजबूती प्रदान करने के बाद उनका अगला लक्ष्य बच्चों को उच्चतम शिक्षा देना था।

जयराम अपने सेठ का सबसे प्रिय ड्राईवर था। उसके बिना उसका सेठ कहीं भी जाना पसंद नहीं करता था। कितनी ही बार उसने जयराम की अनुपस्थिति में, कई महत्वपूर्ण कार्यक्रमों को त्याग दिया था । जयराम को सेठ के संपर्कों से काफी लाभ मिला था। उसके संबंधियों और परिचितों में शायद ही कोई ऐसा बचा होगा जो जयराम को पहचानता न हो।

अपनी मेहनत और सेठ की दया से जयराम ने खुद को झांसी में स्थापित कर लिया था। अब यह शहर उसके लिए नया और अनजान नहीं था। झांसी के हर चौराहे की बत्ती अपना रंग बदल कर उसे सलाम करती थी। अब तक उसे मवई के अलावा अपनत्व का ऐसा एहसास और किसी जगह नहीं हुआ था। झांसी अब उसका दूसरा घर था।

खुशहाली

11 जुलाई 2007। चंदा ने अनुराग को जन्म दिया। स्वेत रंग, सौम्य त्वचा और गोल मुख। चेहरे का माधुर्य ऐसा कि खिलता कमल भी प्रतिद्वंदता पेश करने से कतराए। अपनी एक मुस्कुराहट से सबकी थकान दूर करने की शक्ति रखने वाला।

अनुराग घर का सबसे कनिष्ठ बालक था और इसी के चलते संपूर्ण परिवार का प्रेम उस पर उमड़ने वाला था। पहली और आखरी संतान का सबसे प्रिय होना तब भी उतनी ही सामान्य बात थी।

उसके आने से मनसुख का जीवन अब सामान्य लोगों की तरह, एक ओर बहने वाली नाव में सवार हो गया। बेटे शहर में काम करते हैं। बहुएं घर संभालती हैं। खुमनी और मनसुख पोतों की क्रीड़ा का आनंद उठाते हैं।

यह जीवन का एक ऐसा स्वरूप है जो आदर्श बन कर समाज के सामने स्थापित है। मध्यम वर्ग के लोग इस जीवनशैली के सूत्रधार होते हैं। उनका सुख-दुख, उनका हास्य-विनोद, उनकी इच्छा-आकांक्षाएं समाज के इसी चक्र में समाई होती है। उनके सपनों में ऊंची इमारतों और बड़े आलीशान महलों का काम सिर्फ़ उस तुलना को सार्थक बनाना होता है जो उन्हें अमीर तबके के लोगों से नीचा दिखाती है। उनके जीवन में आने वाले उतार-चढ़ावों का पैमाना भी निश्चित होता है। मनसुख भी अब उस मध्यम वर्ग का हिस्सा था।

जयराम और रामनाथ झांसी में अपने पैर जमा चुके थे। जिस शहर में वो कभी मुसाफ़िर बन कर आए थे अब उसी के निवासी थे। परदेश अब घर बन गया था। चक्रव्यूह जान पड़ने वाले रास्ते अब मार्गदर्शन करने लगे थे।

दोनों भाई झांसी में अपना साम्राज्य बनाने को तैयार थे। नींव बन

गई थी और दीवारों की चढ़ाई का समय था। अब स्थाई निवास की आवश्यकता थी। परिवार के साथ पुराने ठिकाने पर डेरा जमाना संभव नहीं था। किराए का घर खोजना समस्या नहीं थी। असल मशक्कत थी ऐसा रहवासी इलाका ढूंढना जो किसी स्कूल के नज़दीक हो। बहु-बेटी को भी साथ रखना था और बच्चों को एक खुशहाल वातावरण देना भी जरूरी था। ऐसी स्थिति में परिचितों के बीच रहना सुरक्षा-संबंधी चिंताओं को विराम देना था। इस कार्यवाही में उनकी सहायता की बिजना के सूरजराम जी ने।

सूरजराम जी आयकर विभाग में बाबू थे और खुशीपुरा में अपने परिवार के साथ रहते थे। दूसरे जिले में तैनाती के चलते वह मात्र शनिवार और रविवार ही घर पर बिता पाते थे। इसी कारण से उनके लिए भी घर में लोगों का होना आवश्यक था।

उनका मकान भटके पथिकों का पुराना ठिकाना था। भूतल पर उनके अलावा एक और परिवार निवास करता था। पहली मंज़िल पर एक दंपति जोड़े ने अपना आशियाना बना रखा था। उनके बच्चे मोह को त्याग संघर्ष की रणभूमि में उतर चुके थे। बचा हुआ कमरा मनसुख के बेटों को सौंप दिया गया।

800 रुपए प्रतिमाह के दाम पर जयराम और रामनाथ ने अपना घर बसा लिया। अनिल, अवनीश और अंकित को झांसी आने का निमंत्रण भेज दिया गया और उनके भोजनपान की समस्या को सुलझाने का जिम्मा रामदेवी के हाथों आया। अनुराग को झांसी आने से पूर्व अपनी जन्मभूमि पर कुछ समय बिताने का निर्देश मिला। उसे ममता की छांव में रहकर यथार्थ जीवन जीने का प्रशिक्षण जो लेना था।

जयराम और रामनाथ ने भले ही चार साल झांसी में बिता लिए थे परंतु परिवार को साथ लेकर चलने के लिए उन्हें परिचय का सफर दोबारा तय करना था। अब समीकरण बदल गए थे। अब दिन भर की

थकान के बाद घर लौट कर बिस्तर का सहारा लेने की वजह खुद को मज़बूत प्रदर्शित कर बच्चों को सहारा देने का समय था। अब खाली हाथ घर लौटना न्यायपूर्ण नज़र नहीं आता था। अपनी व्यस्त कार्य-सारिणी में से एक हिस्सा सहेज कर अब बेटों पर व्यय करना था। खुद एक रोती कम खा कर बच्चों का पेट भरना था। त्याग की परिभाषा को आत्मार्पित करने का समय अब आ चुका था। पिता की असली भूमिका निभाने का दौर अब आया था।

पिता सिर्फ़ संतान का नहीं अपितु पूरे परिवार का पालन करता है। घर का प्रत्येक सदस्य उसकी संतान होती है। बुढ़ापे में मां-बाप की सेवा भी शिशु की भांति करनी होती है। पिता एक ढाल की तरह पूरे परिवार को विपत्तियों से वंचित रखता है। परिजनों की रक्षा करते-करते वह कब कठोरता की मूरत बन जाता है किसी को पता नहीं चलता। इस बात से सब अंजान रहते हैं कि कब बच्चों की प्यास बुझाने में वह अपनी आंखों की नमी खो देता है।

जयराम और रामनाथ भी इस बात से अनभिज्ञ थे। समाज की रीतों का अनुसरण करते हुए वह नींद में मंज़िल की वजह अब आराम खोजने लगे थे।

अनिल , अवनीष और अंकित अब खुशीपुरा के आदर्श पब्लिक स्कूल के विद्यार्थी थे। इस स्कूल में कक्षा आठवीं तक का ही पाठ्यक्रम पढ़ाया जाता था। अवनीष और अनिल ने पहले भी ऐसे वातावरण में समय बिताया था परंतु अंकित के लिए स्कूल एक नई जगह थी। इतने सारे बच्चों को एक साथ उसने पहले कभी नहीं देखा था। आख़िर गांवों में कितने ही लोग अपनी संतानों को शिक्षा के पथ पर आगे बढ़ाते हैं। यदि बड़े भाईयों का साथ नहीं होता तो शायद अंकित भी इस राह पर ज़्यादा दूरी तय नहीं कर पाता।

तीन विद्यार्थियों की टोली प्रति सुबह बस्ते में अपने जीवन का आधार लिए स्कूल की ओर जाती नज़र आती थी। कभी रामनाथ तो कभी जयराम उनका सारथी बन उन्हें उनकी रणभूमि तक पहुंचाते थे। स्कूल पहुंच सब अपनी-अपनी कक्षाओं में प्रवेश करते और ज्ञान की गंगा में तैराकी करने लगते। दादा-परदादा की सी मानसिकता लिए तीनों भाई अनुशासन के साथ साक्षरता की ओर बढ़ रहे थे। तीन पीढ़ियों में उनके पास सबसे अच्छे संसाधन। यह बात उनके लिए प्रेरणा का स्रोत थी।
लौटते समय अनिल इस कबीले का सरदार होता था। अग्रज होने की वजह से जिम्मेदारियों ने सर्वप्रथम अनिल से भेंट की। स्कूल से वापस घर तक के सफ़र में अनिल अपने अनुजों अगुआई करता था। उनका हाथ थाम समय पर घर पहुंचाने का काम वह बखूबी निभाता था।

जयराम और रामनाथ अब मनसुख के जूतों में थे। बच्चों को हर सुविधा उपलब्ध कराते समय उन्हें पिता के संघर्षों का आभास होता था। कैसे वह अपनी मंसाओं को नज़रंदाज कर उनकी मनोकामनाओं को पूरा करने का प्रयास करते थे। कैसे उन्होंने सदैव अपनी संतानों को प्राथमिकता का केंद्र बनाए रखा था।
पिता के मनोभावों का एहसास उन्हें होने लगा था। उनके मार्ग में आने वाली अर्चनों से वो परिचित हो चुके थे। पिता की चिंता-व्यथाएँ वसीयत की भांति उन तक आ पहुंची थी। अब इन समस्याओं से पार पा कर उनकी परंपरा को आगे बढ़ाना था।

कुछ ही महीनों में रामदेवी ने झांसी के रीति-रिवाजों के अनुसार खुद को ढाल लिया। उसके लिए भी शहरी जीवन एक पहेली की तरह था। अब से पहले उसने सिर्फ़ शहरों का ज़िक्र सुना था, किन्तु अब वह

उन्हीं में से एक का हिस्सा थी। रामदेवी का झांसी में रहना मोहल्ले भर की स्त्रियों के लिए उससे ईर्ष्या करने का एक महत्वपूर्ण कारण था।
बच्चों ने भी नए शहर को अपना लिया था। कुछ दोस्त बने और उनका मन लग गया। पास में एक पार्क भी था। शाम को वही उनका डेरा होता था। बच्चों को और आखिर क्या चाहिए।

जयराम भविष्य को लेकर पिता की ही तरह संवेदनशील था। वर्तमान के साथ आने वाले कल की चिंता भी उसके मन में रहती थी। किराए का घर आज था लेकिन कल का कोई ठिकाना नहीं था। और फिर पूरा जीवन तो पराए निवास में नहीं बिताया जा सकता।
जयराम शुरुआत से ही झांसी में घर बसाने का संकल्प कर चुका था। साल दर साल यह ईच्छा तीव्र होती जाती थी। चार साल के अनुभव के बाद अब परिस्तिथियां उसके पक्ष में थीं। अपनी मासिक कमाई में से कुछ हिस्सा बचाकर उसने थोड़े पैसे जमा कर लिए थे। बाकी रही कसर भूदेवी[16] ने पूरी कर दी।
दोनों भाई गाड़ी के पहियों की भांति एक दिशा में आगे बढ़ते थे। जयराम निर्णय लेता था और रामनाथ अपने सहयोग से उसे सही साबित करने में लग जाता। दोनों अब तक एकता और परिश्रम को परिभाषित करते आए थे। संघर्ष की इस कहानी में एक और अध्याय जुड़ने वाला था। अपनी सफलता की तिज़ोरी में एक और मोहर जोड़ सन् 2008 में उन्होंने गुमनावारा पिछोर में मकान के लिए ज़मीन खरीदी। भूमि की चौड़ाई 30 और लंबाई 50 फीट थी। यह उनकी अब तक की सबसे बड़ी कामयाबी थी। गांव से निकले दो युवकों के लिए शहर में आशियाना बनाने की चेष्टा करना किसी बहादुरी से कम नहीं

---

[16] **कृषि भूमि।**

था। उस पर से मज़दूरी का पेशा इसे अधिक चमत्कारी बनाता था। दोनों भाई इस जीत के बाद मानसिक रुप से बेहद मज़बूत हो गए थे। उनका आत्मविश्वास अब सातवें आसमान पर था। उन्होंने दोबारा लोगों के समक्ष उदाहरण प्रस्तुत किया था। जीवन के विषय में अपनी इस समझ को अब अगली पीढ़ी तक पहुंचाना ही उनका लक्ष्य था।

शोक

अनिल, अवनीष और अंकित जल्द ही शहरी जीवन के अभ्यस्त हो गए। उनकी गिनती गांव के सबसे प्रतिभावान बालकों में होने लगी थी। गांव की मौज-मस्ती से उनका नाता टूट रहा था। अब उन खेलों में उन्हें समग्रता की अनुभूति नहीं होती थी जिनके आविष्कार में उन्होंने अहम भूमिका निभाई थी। दोस्तों से अब पहले सा जुड़ाव नहीं रहा था। गलियों में पुराना सुख नहीं था। पेड़ों की छांव में बैठने पर हवा शीतल नहीं लगती थी। गांव त्यागने पर मानो उनके बचपन का अंत हो गया था। झांसी में अधिक समय व्यतीत करने के कारण मवई में आवागमन कम हो गया था। गांव की एहमियत अब बढ़ गई थी किंतु उसका साया छूट सा गया था।

मनसुख समय के साथ अनुभव का पिटारा भरता आया था। वर्तमान में खुद को ढालने की तकनीक उसकी सक्षमता के स्तर को ऊपर उठाती थी। सीखने की कला में वह अब भी उतना ही कुशल था जितना अपने विद्यार्थी जीवन में हुआ करता था। कभी पुत्रों से तो कभी अपने पोतों से कुछ नया सीख कर वह अपनी इस कला को निखारता रहता था।

बेटों की देखा-देखी मनसुख ने भी गृह-निर्माण का मन बना लिया। बाड़े का अस्तित्व अर्पित होने को था। उस ज़मीन पर शहरीकरण की मुहर लगने वाली थी। बाड़े के पेड़ों में समाहित प्राकृति की बलि चढ़ने वाली थी।

पुराने खपरैल की विपरीत दिशा में दो कमरों का निर्माण हुआ। इनकी भीत[17] पकी ईंटों से बनाई गई। जब भीतों ने पर्याप्त ऊंचाई हासिल

---

[17] **दीवार।**

कर ली तो उन पर सीमेंट की छत का भार लाद दिया गया।
प्रणयन[18] कार्य पूरा होने के बाद पुराने घर से बोरिया-बिस्तर बांध कर पक्के मकान की ओर प्रस्थान किया गया। हरिजन बस्ती में स्तिथ निवास में अब यादों के अलावा कुछ नहीं था। चूल्हे से निकलने वाला धुआं छत पर अपने स्याह निशान छोड़ आया था। किवाड़ (दरवाज़ा) खुलने और बंद होने पर अपनी पीड़ा का राग गाता था। दीवारों का सामर्थ्य कम होने लगा था। खुशियों ने यह दहलीज़ त्याग दूसरे द्वार में प्रवेश कर लिया था।
अगले ही वर्ष बचे हुए वृक्षों को अंतिम विदाई दे दी गई। दीवारों ने फिर अपना वर्चस्व क़ायम किया और अपने साम्राज्य को विस्तारित करने में सफ़ल हो गई। सड़क की ओर दो और कक्षों का निर्माण हुआ। इनमें भी पकी ईंटों का प्रयोग किया गया।
मनसुख की दिनचर्या अब एक नए परिवेश में पनपने लगी। नए सदन में ठाम[19] का अभाव नहीं था। औरतों को आपत्ति जताने के अवसर अब विरले ही मिलते थे। बड़ा आंगन बच्चों का मन लगाए रखता था। फ़िल्मों में दिखाए जाने वाले ग्रामीण जीवन की झलक इस चारदिवारी में देखी जा सकती थी।

संस्कारों और नैतिक मूल्यों को आत्मार्पित कर अनुराग झांसी जाने के लिए निर्वाच्य हो गया। बड़े भाईयों की ही तरह वह भी उत्सुकता के बादलों से घिरा था। आख़िर उसे भी तो शहर में जीवनयापन करने का सौभाग्य मिला था।
झांसी में रहने के बावजूद अनुराग को स्कूल तक पहुंचने में अभी देर थी। उसकी प्रारंभिक शिक्षा का दारोमदार उसके अग्रजों पर था। उसके

---

18 **निर्माण।**

19 **जगह।**

शब्दकोश में सम्मिलित हुए शुरुआती शब्द उसने अपने भाईयों से ही सीखे थे।

सूरजराम जी के घर रहते हुए जयराम को एक वर्ष होने वाला था। पानी और बिजली की तंगी के साथ जगह की कमी, किराए के घर में सामान्य बात थी। रोज़मर्रा की इन कठिनाइयों के साथ एक समस्या ऐसी भी थी जिसका समाधान करना जयराम की प्राथमिकता में था। बच्चों को स्कूल पहुंचाने और लाने की समस्या। लौटते समय भले ही अनिल अपने कर्त्तव्य को पूरी निष्ठा से निभाता था परंतु सुबह गंतव्य तक पहुंचने के लिए रामनाथ और जयराम को अपने काम की अवधि में कटौती करनी पड़ती थी। कई मौकों पर उन्हें अपने सेठ के समक्ष निरुत्तर रह कर उनके क्रोध का सामना करना पड़ता था। साधारण सी नज़र आने वाली यह समस्या उनके मानसिक तनाव का कारण बन जाती थी।

तमाम मुआमलों से ख़ुद को निजात दिलाने की कोशिश में उन्होंने अपना पता बदल लिया। खुशीपुरा की ही निवासी गौरा देवी के मकान में उन्होंने नया बसेरा ढूंढा। पहली मंज़िल पर निर्मित दो में से एक कमरा अब जयराम के हवाले था।
गौरा जी के घर में मनुष्यों की खासी आबादी थी। पति, तीन बेटे, तीन बहु, तीन पोती और दो पोते। दिन के प्रत्येक पहर में घर हर्षध्वनी से भरा रहता था। शायद यह उस मोहल्ले का सबसे सुखी परिवार था। बच्चे पढ़ने में कुशल, बहुएं गृहस्थी संभालने में माहिर और बेटे मंझे हुए श्रमिक। उस पर गौरा जी की शासन प्रणाली उन्हें समग्र बनाती थी।

संपन्नता के इस रंगमंच पर नए किरदारों का प्रवेश हुआ था। दोनों

परिवार एक दूसरे के पूरक साबित हुए। जयराम और रामनाथ को उन्हीं की तरह उम्मीदों का बोझ ढो रहे कंधे मिल गए। उनके साथ चिंतन-मनन कर वे अपने मन की व्यथाओं को विराम देते थे।
रामदेवी को चार बातें करने के लिए इससे अच्छा परिवेश और कहां मिलता। गौरा जी की बहुएं भी घर का सारा काम निपटा कर रामदेवी को नीचे बुला लेती थी। प्रतिदिन दोपहर को लगने वाली यह सभाएं उनको थकान से राहत दिलाती थीं।
घर से स्कूल की दूरी क़रीब 500 मीटर थी। आने के साथ जाने की ज़िम्मेदारी भी अब अनिल के हाथ आ गई थी। छुट्टी होते ही बच्चे जल्दी घर पहुंचते और खेल-कूद में लग जाते।

तीनों भाई स्कूल में मन लगा चुके थे। उनके विद्यार्थी जीवन में अनुशासन लाने के लिए उनका अध्यापन[20] भी शुरू करा दिया गया। स्कूल से आने के कुछ घंटों बाद सब ट्यूशन के लिए रवाना हो जाते थे। ट्यूशन से लौटने के बाद दिन ढलने तक फिर उनका ही राज होता। कुछ महीनों भाईयों से शिक्षण लेने के बाद अनुराग भी आदर्श पब्लिक स्कूल का हिस्सा बन गया। ट्यूशन से उसे अभी भी रिआयत[21] मिलती थी।
अनुराग ने नए शहर नए माहौल को स्वीकार कर लिया था परंतु झांसी उसे अपनत्व का भाव प्रदान नहीं कर पाई। ये शहर उसे अपने भाईयों जितना रास नहीं आया। वैसे तो शुरुआत से ही बुखार-हरारत जैसे मर्ज़ उसे परेशान करते थे परंतु अब अनायास ही उसकी सेहत में भारी गिरावट आई थी। जब तक दवा-दारू चलती उसे करार रहता था। दवाइयों के सहारे उसने कुछ महीने चैन से काट तो लिए थे

---

[20] **ट्यूशन।**

[21] **छूट।**

लेकिन समय के साथ रोग उसके शरीर में गहराई से बस चुका था। धीरे-धीरे वह कमज़ोर हो रहा था। उसकी देह सूखती जाती थी मानो कड़कती धूप के प्रकोप से कोई फूल मुरझा रहा हो। सामान्य से लेकर विशेषज्ञ डॉक्टर के पास भी उसके मर्ज़ का इलाज़ नहीं था।
बचाओ की इस प्रकिया के दौरान कुछ दवाईयां रक्षक की बजाय भक्षक का काम कर बैठी। उनकी प्रतिक्रिया उस नन्ही-सी जान को वेदना से परिपूर्ण कर रही थी। अब ये कष्ट उसके लिए असहाय हो चुका था। अपनी सहनशक्ति की परीक्षा देते-देते 8 अगस्त 2011 को अनुराग पीड़ा के इस बंधन से मुक्त हो गया। अनुराग तो आराम की सैया पर विराजमान हो गया परंतु उसके पीछे उसके परिजन शोक-सागर में डूब गए। जीवन का इतना वीभत्स रूप किसी ने नहीं देखा था। वरिष्ठ के मुकाबले किसी तरुण की मृत्यु पर अधिक उदासीन होना मानव की प्रवत्ति है।
सब विलाप कर अपने दुख की अभिव्यक्ति को प्रदर्शित कर रहे थे किन्तु चन्दा के पास अपने भाव व्यक्त करने का कोई माध्यम नहीं था। माँ की व्याकुलता की अनुभूति स्वयं ईश्वर भी नहीं कर सकता। वह रोते-रोते बेहोश हो रही थी। रुदन के साथ उसकी आँखों से बहते आँसू उसके जीवित होने का एकमात्र सबूत थे। उसने अपने अंश को खोया था। चन्दा की पीड़ा सर्वोपरि थी। वह करुण रस की प्रतिमा बन शिवरंजनी[22] का आलाप कर रही थी। उसके आँचल की शोभा बढ़ाने वाला पुत्र अब नहीं था। उसके भीतर मातृस्नेह के प्रपात को उत्पन्न करने वाला पुत्र अब उसकी ममता का साक्षी नहीं बन सकेगा। एक माँ के लिए इससे ज़्यादा भयावह और कुछ नहीं हो सकता कि उसकी संतान उसके सामने अंतिम सांस ले।

---

[22] **राग शिवरंजनी, भारतीय संगीत का एक प्रमुख राग है। यह शांत रस में 'दुख', 'विरह', 'करूणा', 'गहरे प्रेम' को प्रकट करता है।**

अनुराग अपने साथ मनसुख का बचपन भी ले गया। अनुराग और अपने जीवन की समानताएँ अब उसे भिन्न-सी प्रतीत होती थीं। उसके लिए यह अनुभव नया नहीं था लेकिन पोते के निधन ने उसके अतीत को गहरी चोट पहुँचाई थी। उसकी बालावस्था की यादें ओझल हो रही थी। बचपन की क्रीड़ाओं के चलचित्र हवा के एक झोंके के साथ उड़ते जा रहे थे। अपनी जीवनगाथा में इतिहास के उन पन्नों को खोजना शायद उसके लिए अब संभव न हो। शायद उन हसीन लम्हों से उसकी मुलाक़ात फिर कभी नहीं होगी जो उसकी ढलती उम्र के घावों पर मरहम का काम करते थे। शायद मनसुख अब कभी अपने लड़कपन को स्मृत नहीं कर पाएगा।

समय की महिमा

समय के साथ तकनीकी क्षेत्र में विस्तार होना मानव इतिहास की एक ऐसी इकाई है जो खुद को लगातार दोहराती आई है। मनुष्य हर ढलते दिन तक अपने कार्य को आसान बनाने की विधि खोज ही लेता है। आधुनिकता के युग ने न केवल विज्ञान और वाणिज्य के लिए संसाधनों में वृद्धि की है बल्कि कृषि विभाग को भी बहुमूल्य उपकरणों से नवाज़ा है। आधुनिक मशीनें, जैसे कि ट्रैक्टर और हार्वेस्टर, खेती के कार्यों को तेज़ और आसान बनाती हैं, जिससे श्रम लागत में कमी आती है और उत्पादन में बढ़ोत्तरी होती है।

मवई भी इस आधुनिक काल के प्रभाव में था। बुवाई से लेकर कटाई और उसके बाद फसल को ताड़ने[23] और उसके विक्रय तक ट्रैक्टर के मालिकों की चांदी होती थी। जिनके पास थ्रेशर, ट्रॉली और सीडड्रिल जैसे यंत्र भी थे, उनके लिए तो खेती का मौसम सोने पर सुहागा था। मनसुख को भी कृषि को सुगम बनाने वाले इन उपकरणों से काम लेना पड़ता था। किसी भी फसल को बिक्री के चरण तक पहुँचाने के लिए अच्छी-खासी रकम व्यय होती थी। यदि ईश्वर साथ न दे तो कई बार लागत प्रतिफल के भी पार चली जाती थी।

आधुनिक उपकरणों की सेवा के दाम साल दर साल बढ़ते रहते थे। अब वह दिन नहीं रहे थे कि एक हल और दो बैलों के सहारे पूरी ज़मीन को कारगर बना दिया जाए। बड़ी खेती की माँगों को पूरा करने के लिए प्रौद्योगिकी का प्रयोग आवश्यक था। जयराम ने भाड़े के बढ़ते दर से खुद को बचाने के लिए आत्मनिर्भर बनने का निर्णय किया। सन् 2012 में जयराम ने सोनालिका कंपनी का 735 DI ट्रैक्टर खरीदा। 39 हॉर्सपावर की इंजन शक्ति वाला यह ट्रैक्टर उसकी कृषि

---

[23] **भूसी निकालना। (*Threshing*)**

भूमि से काम लेने के लिए पर्याप्त था। तुलसी और गणेश के खेतों में भी अब यही मशीन दौड़ती थी। ट्रैक्टर के आने से प्रतिवर्ष की लागत में तो कमी हुई ही थी साथ ही अवसर मिलने पर इससे कुछ कमाई भी हो जाती थी।

बेटों से लेकर पोतों तक सभी मनसुख के ओहदे को बढ़ावा दे रहे थे। उसके परिश्रम और संयम का फल शायद एक पीढ़ी के लिए अदा कर पाना संभव नहीं था। अब किसी की कामयाबी की तारीफ़ हो या विफलता की आलोचना, उसका एक हिस्सा तो पूर्वजों को जाता ही है। पिता के साथ जयराम और रामनाथ भी उस श्रेणी में आ चुके थे जब कोई अपने स्वप्न अपनी संतानों की आँखों में खोजने लगता है। पिता तो आखिर अब वह भी थे। पुत्रों से अपने अधूरे ख्वाबों को मुकम्मल करने की आशा भला कैसे न रखते। दोनों की इच्छा थी कि उनके बेटे जिले के सबसे प्रतिष्ठित स्कूलों में शुमार नवोदय विद्यालय के छात्र हों।

नवोदय विद्यालय भारत सरकार की एक शैक्षणिक संस्था है, जिसे 1986 में तत्कालीन प्रधानमंत्री श्री राजीव गाँधी द्वारा स्थापित किया गया था। यह एक आवासीय विद्यालय है और इसमें प्रवेश परीक्षा के माध्यम से छात्र चुने जाते हैं। प्रवेश के लिए 5वीं कक्षा में आवेदन पत्र भरे जाते हैं और उत्तीर्ण होने वाले विद्यार्थी छठी से नवोदय का हिस्सा बन जाते हैं।

अनिल, अवनीष और अंकित जैसे-जैसे 5वीं में पहुँचते गए नवोदय के आवेदन पत्र पर उनका नामांकन होता गया। तीनों बारी-बारी से परीक्षा में शरीक हुए। परिजनों की महत्वाकांक्षाओं की पूर्ति के लिए तीनों ने भरपूर मेहनत की परंतु भाग्य का साथ मात्र अंकित को मिला। उसे दोनों भाईयों से मार्गदर्शन जो मिला था। उसकी सफलता में अनिल और अवनीष के अनुभव ने महत्वपूर्ण किरदार निभाया था।

तैयारी के दौरान और परीक्षा के समय अंकित उन सभी भूलों से बच गया जो उसके भाईयों के हाथ लगी निराश का कारण थीं। 2016 में उसे, बरुआसागर में स्थित, नवोदय विद्यालय ने अपनी शरण में ले लिया।

आवासीय जीवन का लुत्फ लेने की मंशा से अवनीष भी अगले वर्ष नवोदय में दाखिल हो गया। नौवी कक्षा में बचे रिक्त स्थानों को भरने के लिए होने वाली परीक्षा को पारित कर उसने अपनी जगह बनाई थी। छठी के मुकाबले इस परीक्षण को अधिक कठिन माना जाता है क्योंकि नौवी तक आते-आते सीटों की संख्या ना के बराबर होती है जोकि प्रतिस्पर्धा को बढ़ा देता है। तथ्यों की वाणी में कहा जाए तो अवनीष ने अधिक परिश्रम किया था और प्रशंसा का बड़ा दावेदार था।

जयराम ने अपने जीवन का एक बड़ा हिस्सा झाँसी में बिताया था। किराए के आसरे में रहते हुए उसने 19 साल गुज़ार लिए थे पर कोई चारदिवारी ऐसी नहीं थी जिसमें रह कर उसे स्वामित्व का एहसास हुआ हो। इतने लंबे अंतराल के बाद 'अपना' घर होना एक अनिवार्यता के समान था। व्यावसायिक क्षेत्र में तमाम उपलब्धियों के बाद भी यह एक पदक उनके वैजयंती कक्ष में अभी भी अनुपस्थित था। उस रिक्त स्थान को भरने का समय अब आया था। अवनीष और अंकित के नवोदय जाने से उसके कंधों का भार कम हो गया था। अब वह पूर्ण चेतना के साथ सफलता के अंतिम पड़ाव की ओर अग्रसर हो चला था।

जयराम और रामनाथ अब तक एकत्व और उद्योग के बलबूते ही सब हासिल करते आए थे। एक बार फिर उन्होंने उसी रणनीति पर दाव खेला था। हर बार की तरह परिश्रम ने इस बार भी अपने मूलवान्य होने का उदाहरण पेश किया। 2019 का आख़िरी महीना

उनके एक नूतन युग की शुरुआत बना। उन्होंने 'अपने' घर में प्रवेश कर लिया था।

उनकी दुनिया अब एक कमरे तक सीमित नहीं रही थी। सुबह जल्दी जाग कर वाहन बाहर निकालना और रात में उसे अंदर रखने के लिए सभी के सोने का इंतज़ार अब नहीं था। समय की बंदिशें अब हट चुकी थीं। बच्चों के खेलने कूदने पर अब कोई पाबंदी नहीं थी। सभी कक्षों में उन्हीं का वर्चस्व था। अब बहुओं को पानी भरने के लिए संघर्ष नहीं करना पड़ता था। पूरा छत उनके अतरंगी कारनामों के लिए समर्पित था। घर का प्रत्येक जीव अपनी इच्छा का स्वामी हो चुका था। कुछ करने से पूर्व के संकोच के चिन्ह अब उनके निर्णय कार्य में विघ्न नहीं डाल पाते थे।

सांसारिक नियमों का अनुसरण करते हुए पराक्रम परेशानियों को साथ लाया था। एक ओर बिजली और पानी के शुल्क ने मासिक व्यय में वृद्धि की थी तो दूसरी ओर संपत्ति कर प्रति तिमाही आमदनी पर चोट करता था। पर इनसे अधिक अगम्य थी सुरक्षा की समस्या। घर से दूर किसी समारोह में सब का एक साथ सम्मिलित होना अब असंभव के समीप था। किसी एक सदस्य का पहरेदार के रूप में घर में होना आवश्यक था।

समय के संग कदम ताल करने पर ही परिस्थितियों से सामंजस्य बैठाया जा सकता है। समय से आगे भागने की चेष्टा करने वाले अक्सर उसके मायाजाल में फँस कर चकमा खा जाते हैं। पीछे चलने वालों पर आकस्मिक ही किसी की दृष्टि पड़ती है। समय के साथ चलना जीवन में सफलता और संतुलन का महत्वपूर्ण पहलू है।

जयराम और रामनाथ भी इसी प्रणाली के अनुकूल कार्य करते आए थे।

लॉकडाउन

2020 में कोविड-19 नामक महामारी ने जग पर अपना आतंक फैलाया। 2019 में चीन के वुहान शहर से शुरू होकर इस वायरस ने कुछ ही महीनों में लगभग पूरे विश्व को अपनी चपेट में ले लिया। कोविड-19 एक संक्रामक बीमारी है जो SARS-CoV-2 नामक वायरस के कारण होती है।

इस महामारी के कारण विश्व भर में लॉकडाउन और व्यापारिक गतिविधियों पर प्रतिबंध लगाए गए, जिससे आर्थिक संकट उत्पन्न हुआ। इसके कारण स्कूलों, कॉलेजों और विश्वविद्यालयों को लंबे समय तक बंद रखा गया जिससे बच्चों की शिक्षा पर नकारात्मक प्रभाव पड़ा। महामारी के कारण लोगों का सामाजिक जीवन भी बुरी तरह प्रभावित हुआ था।

कोविड-19 ने न केवल स्वास्थ्य क्षेत्र को बल्कि समाज, अर्थव्यवस्था और मानव जीवनशैली को भी गहराई से प्रभावित किया। लोग शहरों का दामन छोड़ गांवों की ओर भाग रहे थे।

मनसुख और उसका परिवार भी इस महामारी के प्रभाव के क्षेत्र में था। कोरोना के प्रकोप से बचना समसामयिक आवश्यकता थी। स्वास्थ्य की सुरक्षा के उद्देश्य से अलगाव का निर्णय हुआ। कुछ सदस्य झांसी में जम गए तो कुछ ने गांव में डेरा जमाया। शहर की भांति गांव में भी लोगों का उठना-बैठना कम हो गया था। देर रात तक चलने वाली पंचायतें निरस्त कर दी गई थीं। देश-विदेश के विभिन्न मुद्दों पर होने वाले तर्क-वितर्क लोगों के मन से बाहर आने का साहस न जुटा पाते थे। संक्रमण के भय ने चारों ओर दहशत फैला रखी थी। ज़िंदगी चारदिवारी की मोहताज बन गई।

करीबन दो महीने के लंबे कारावास के बाद लोगों को आज़ादी मिली।

लॉकडाउन का प्रभाव धीरे-धीरे कम होने लगा। मानव जीवन फिर से पटरी पर लौटने लगा। सरकारी दफ़्तर जनता की खिदमत में हाज़िर होने लगे। देश के प्रत्येक नागरिक के हृदय में उनके स्वतंत्रता सेनानियों के प्रति सच्चा सम्मान अब जा कर उजागर हुआ था। 1947 के बाद जन्मे लोगों के लिए आज़ादी अब किताबों और अफसानों तक सीमित नहीं थी। उन्होंने अब इसे जागृत रूप में देखा था।

मोक्षकाल में जब न्यायपालिका ने अपनी सेवाएँ पुनः प्रारंभ की तो मनसुख के पुत्रों ने उनका सर्वोत्तम संभव लाभ लिया। जयराम के मित्र और सहकर्मी मुकेश ने करारी में अपनी पैतृक ज़मीन को अपनाने का प्रस्ताव उसके समक्ष रखा। 2000 (50×40) वर्ग फुट के क्षेत्रफल वाला यह भूखंड बुंदेलखंड औद्योगिक विकास प्राधिकरण (BIDA) का हिस्सा बनने वाला था। जयराम का इस प्रस्ताव को अस्वीकार करना मल्टीवर्स[24] में भी शायद ही संभव होता। सन् 2020 में जयराम और रामनाथ ने उस भूमि का स्वामित्व अपने हाथ में ले लिया। कोरोना संक्रमण के प्रसार को रोकने के लिए की गई इस सावधानीपूर्ण ढील (Unlock 1.0) का इससे बेहतर होने की अपेक्षा उन्होंने शायद ही की हो।

मार्च 2021 के इर्द-गिर्द कोरोना ने दोबारा अपनी भुजाएँ फैलाई। इस बार संक्रमण पहले से अधिक तीव्र और घातक था। प्रकोप ऐसा था कि प्रतिदिन संक्रमण के मामले लाखों में पहुँचने लगे। इसके दूसरे रूप (डेल्टा वैरिएंट) का पहला मामला भारत में ही पाया गया था। मनसुख के परिवार से भी मरीज़ों की सूची में एक नाम आ गया।

---

[24] **एक से ज़्यादा ब्रहमांडों का समूह। इसकी अवधारणा विज्ञान में है, लेकिन वैज्ञानिक इसके होने या ना होने की पुष्टि करने की स्थिति में नहीं हैं।**

तमाम परहेज़ के बावजूद भी जयराम कोविड का शिकार हो गया। वह बुखार, खाँसी, थकान, आदि से जूझ रहा था जोकि कोरोना के सामान्य लक्षण थे। जाँच कराने पर उसके संक्रमित होने की पुष्टि हुई।
कुछ पाने के लिए कुछ खोने वाली कहावत सच हो रही थी। अपनों के साथ के लिए उन्हें त्यागने की नौबत आन पड़ी थी। जयराम ने कोरोना के प्रसार को रोकने के लिए खुद को एक कमरे में संगरोधित कर लिया। वह परिजनों से कट गया। यह विडंबना थी कि जिस घर को उसने अपने खून-पसीने की मेहनत से बनाया था, आज वह उसी में अजनबियों की तरह रह रहा था। जयराम घर में हो कर भी 'घर' से दूर था।
उसके बिस्तर से लेकर उसके खाने-पीने के लिए बर्तन अलग कर दिए गए थे। बाहरी दुनिया की खबरें उस तक मौखिक माध्यम से पहुँचती थी। रोगमुक्त होने तक उसने बंदियों की भांति जीवन व्यतीत किया। करीब एक महीने क्वारंटाइन में रहने के बाद जब उसने दोबारा जाँच करवाई तो परिणाम उसके हित में आया।

खौफ़ के बादल धीरे-धीरे छँटने लगे। संक्रमण की रफ़्तार कम हो चली थी। अनेकों परीक्षण के बाद वैज्ञानिकों ने महामारी का तोड़ खोज निकाला था। प्रसार को रोकने के लिए पूरे देश में टीकाकरण शुरू कर दिया गया। कोविशील्ड (Covishield) और कोवैक्सिन (Covaxin) नामक दो दवाइयों ने मोर्चा संभाला। दोनों में से किसी एक वैक्सीन के दो डोज़ लेने का फरमान सरकार द्वारा जारी किया गया। दोनों डोज़ के बीच 4-6 सप्ताह का अंतराल होना आवश्यक था। जनता की सहूलियत के लिए जगह-जगह शिविर लगाए गए। स्कूल, गाँव, दफ़्तर और अस्पतालों में डॉक्टरों की टोलियाँ अपनी सेवा उपलब्ध कराने लगीं। जनवरी 2021 से मध्य 2022 तक लगभग डेढ़

वर्ष में भारत की अधिकांश जनसंख्या ने कम से कम एक डोज़ लगवा लिया था। पहला डोज़ शरीर की प्रतिरक्षा प्रणाली को सक्रिय कर देता है और दूसरा उसे मजबूती प्रदान करता है।

कोरोना मानवता के लिए एक बुरे स्वप्न की भांति था। करीब-करीब तीन वर्ष के दीर्घ अवकाश के बाद मानव जीवन अपने वास्तविक रूप में प्रदीप्त हुआ था। महामारी ने एक सिक्के की तरह अपने दो पहलुओं को विश्व के समक्ष उजागर किया। विकरालता की अपनी प्रदर्शिनी के बीच इसने कुछ सकारात्मक प्रभाव भी छोड़े। आम जनता का स्वास्थ्य के प्रति रुझान कोरोना के प्रकोप का ही परिणाम था। डिजिटल संसाधनों के बहुमुखी प्रयोग भी लॉकडाउन के दौरान ही लोगों की नज़र में आए। उद्योगों की गतिविधियों और वाहनों के यातायात में कमी के चलते प्रदूषण में गिरावट आई और पर्यावरण में सुधार हुआ। महामारी ने मनुष्य को आध्यात्मिकता की ओर जाने के लिए प्रेरित किया। वेद-पुराणों में वर्णित योग, ध्यान और मानसिक शांति को अपनी दिनचर्या का अभिन्न अंग बना कर एक स्वस्थ जीवनशैली को आत्मार्पित करना इसी का प्रभाव था। कामकाजी जीवन में रुकावट के चलते लोगों ने घरों पर अधिक समय बिताया। परिजनों के साथ बैठने-बातें करने से रिश्तों में मजबूती आई जोकि कोरोना से मिले सर्वोच्च उपहारों में से था।

समापन

अंकित ने 2023 में बारहवीं कक्षा से उत्तीर्ण हो कर नवोदय को अलविदा कह दिया। सात वर्षों का बंधन टूट गया। जिस जगह उसने बालावस्था से यौवन तक का सफ़र तय किया था अब वह उसकी अपनी नहीं रह गई थी। उसकी यादों के पिटारे में सर्वाधिक किस्से नवोदय से संबंधित थे। उसके सारे गुण-अवगुण उसी विद्यालय की देन हैं। उसके भीतर पाठ्येतर[25] गतिविधियों के सारे कौशल उसी विद्यालय में विकसित हुए थे। अपने विचारों की मौलिकता उसने उसी विद्यालय में हासिल की थी। ऐसी ही और अनगिनत सौगातें इन सात वर्षों में उसे नवोदय की ओर से मिली थीं।

अंकित को आवासीय जीवन से पूर्ण निवृत्ति मिल चुकी थी। नवोदय में रहने के कारण उसके मन में घर के लिए व्याकुलता तो सदैव ही रहती थी लेकिन गत वर्षों में उसे बाहरी जीवन का चस्का लग गया था। उसके दोस्तों में दिल्ली-बम्बई जाने की बातें अक्सर होती रहती थीं। बड़े शहर में पढ़ने का सपना उसकी आँखों में दृढ़ता से बस चुका था। शिक्षा को आधार बना कर कैसे वह बाहर निकल सकता है, इस बारे में वह खूब छानबीन करता। बारहवी और उसके बाद दी जा सकने वाली उन सभी प्रतियोगी परीक्षाओं की जानकारी उसने अर्जित कर ली थी जो उसके उद्देश की पूर्ति में सहयोगी हो सकती थी। अथाह मूल्यांकन के पश्चात उसने कॉमन यूनिवर्सिटी एन्ट्रेंस टेस्ट (CUET) को आधारशिला बनाने का निश्चय किया।

CUET एक राष्ट्रीय स्तर की प्रवेश परीक्षा है, जिसे नेशनल टेस्टिंग एजेंसी (NTA) द्वारा आयोजित किया जाता है। इसके माध्यम से भारत के कई केंद्रीय विश्वविद्यालयों और अन्य उच्च शिक्षा संस्थानों

---

[25] **पाठ्यक्रम से भिन्न।** (*Extra-Curricular)*

में स्नातक (UG) और स्नातकोत्तर (PG) में प्रवेश लिया जा सकता है।

अपने मंसूबों को पूरा करने के लिए अंकित ने परीक्षा की तैयारी आरंभ कर दी। बारहवीं कक्षा का पाठ्यक्रम ही महत्वपूर्ण था जो इस चुनौती को कुछ आसान बनाता था। उस पर से बोर्ड के परिणामों ने उसको मानसिक रूप से भी मज़बूत बना दिया था।
मई और जून की विभिन्न तारीखों में परीक्षा आयोजित की गई और जुलाई में उसके परिणाम प्रख्यापित कर दिए गए। प्राप्तांक के आधार पर उसे रामजस महाविद्यालय में बी. कॉम (विशेष) में दाखिला मिला।
रामजस कॉलेज दिल्ली के सबसे पुराने और प्रतिष्ठित कॉलेजों में से एक है। यह दिल्ली विश्वविद्यालय से सम्बद्ध है। इसकी स्थापना 1917 में लाला राय केदार नाथ ने की थी, जो उस समय के एक प्रमुख शिक्षाविद् और समाज सुधारक थे।
दिल्ली में दूसरे राज्यों से आने वाले सभी विद्यार्थियों के सामने सबसे बड़ी समस्या होती है निवासस्थान की। अंकित भी अब उसी भीड़ का हिस्सा था लेकिन अन्य विद्यार्थियों की तरह उसे विविध विकल्पों का अन्वेषण नहीं करना पड़ा। उसे रामजस महाविद्यालय के छात्रावास में प्रविष्टि मिल गई। आवासीय जीवन मानो उसके भाग्य का अपृथक अंग बन गया था। हालांकि उसे घर से दूर रहने का अभ्यास था, परंतु नए शहर में नए लोगों के बीच खुद को सहेज कर आगे बढ़ना आसान नहीं था।

अंकित की इस सार्थकता का सूत्रधार मनसुख था। जिस राह पर वह चल रहा था वह मनसुख के द्वारा ही मार्गदर्शित की गई थी।
जयराम और रामनाथ के प्रोत्साहन ने उसे आगे बढ़ने का ढंढास प्रदान किया था। उनके संयोजित प्रयासों ने अंकित के लिए समीकरण

आसान कर दिए थे। अंकित अपने पैतृक परिश्रम के फल का भोग कर रहा था।
मनसुख भी पोते की सफलता का आनंद ले रहा था। उसके लिए यह अपने स्वप्नों की समग्रता के समान था। शिक्षा के प्रति उसका महत्त्व अब अर्थपूर्ण प्रतीत होता था।

अंकित दिल वालों की दिल्ली का हिस्सा बनने के लिए उत्सुक था। समान बांध लिया गया था। दूसरे शहर में रहने के तमाम उपदेश उसे समझा दिए गए थे।
प्रस्थान से पूर्व उसने अपनी मातृभूमि का दौरा किया। परिजनों से विदाई लेने का समय था। बारी-बारी से सबसे मिलने के बाद वह मनसुख के पास गया। जब वह मनसुख के पास बैठा तो दोनों में एक अनुग्रहपूर्ण प्रश्नोत्तरी शुरू हो गई।
"का नाम आय कॉलेज कौ?" मनसुख ने मुसकुराते हुए पूछा। उसकी हँसी जैसे अंकित को बधाई दे रही थी।
"रामजस कॉलेज", अंकित ने जवाब दिया।
"का करनै अब, काय की पढ़ाई करनै?"
"बी. कॉम ऑनर्स"
"सो इमै कौन-कौन से विषय पढ़ौ?"
"जेई जौन अबे हम बारा में पढ़त ते। मैनेजमेंट, अकाउंट, अर्थशास्त्र और कछू नए विषय जुड़ जैं, बिजनेस लौ (Law) है एक नओ।"
"अच्छा। उमै का कानून पढ़ौ?"
"हओ, मतलब व्यापार से जुड़े जौन नियम-कानून होत बेइ सब पढ़ें।"
"चलौ, उम्दा है। पढ़ियो बेटा अपनौ मन लगा कै। और रैबे कौ का हॉस्टल में हो गओ?"
"हओ"
"चलौ उम्दा रई बेटा, बढ़िया रई। खाना-पीना कौ सब हुईयै ओई मैं?"

"हओ"
"चलौ बढ़िया है बेटा। पढ़ौ मैनत करौ। देखई रय तुम कैसें कर रय पापा हनै। सब कर रय इतै कौ उतै कौ। खेती-बारी देख रय। तुम औरन खौं लगा रय। उन औन की मैनत ठिकाने लग जाय।"
"हओ"
"खुशी रओ बेटा। भगवान मैनत सफल करै तुमाई।"

वार्तालाप समाप्त हुआ तो मनसुख की आँखों में हल्की नमी थी। जब से पोते बढ़े हो चले थे, पढ़ाई के चलते उनका गाँव आना कम हो गया था और उनके साथ समय बिताने के अवसर अब विरले ही मिलते थे। उस पर से अंकित का नवोदय में होना, वैसे ही तो वह महीनों में घर आता था और अब तो उसे दिल्ली जाना था।
अंकित अपने सपनों को उड़ान देने जा रहा था। परंतु यह सपने सिर्फ उसके नहीं थे। दिल्ली की बड़ी इमारतों और उनमें रहने वाली हस्तियों के बीच वह अपने परिजनों के परिश्रम का प्रतिनिधि था। नवोदय से रामजस तक उसका सफ़र मनसुख के संघर्षों का प्रतिबिंब था।

अब झांसी का रुख करने का समय था। आशीर्वाद और दुलार की बौछार होने लगी। गाड़ी मंज़िल तक जाने को तैयार थी। दादा जी को प्रणाम कर **मैं** उस पर सवार हो गया।

दादा जी

मेरे लिए तो सब कुछ हैं
मेरे प्यारे दादा जी

उनसे ही वो सीख मिली
नेकी की जो राह चली
सीखा उनसे निस्वार्थ प्रेम और
लाज शरम मर्यादा जी
मेरे लिए तो सब कुछ हैं
मेरे प्यारे दादा जी ।१।।

मेहनत की वो राह चले
रख के किस्मत कदमों तले
अपनों का हर भार उन्होंने
दोनों कंधों पे लादा जी
मेरे लिए तो सब कुछ हैं
मेरे प्यारे दादा जी ।२।।

जीवन मानो शतरंज का खेल
उतार-चढ़ाओ की ये है रेल
इस खेल में वो वजीर से माहिर
मैं मामुली सा प्यादा जी
मेरे लिए तो सब कुछ हैं
मेरे प्यारे दादा जी ।३।।

मान सभी को एक समान
अपना पराया और अंजान
दिया सभी को आदर-प्रेम पर
उनको थोड़ा ज्यादा जी
मेरे लिए तो सब कुछ हैं
मेरे प्यारे दादा जी ।४।।

जनहित में सारे काम करूं
जीवन मानवता के नाम करूं
दादा के संस्कारों सा ही
मजबूत मेरा इरादा जी
मेरे लिए तो सब कुछ हैं
मेरे प्यारे दादा जी ।५।।

www.ingramcontent.com/pod-product-compliance
Lightning Source LLC
LaVergne TN
LVHW041118150826
845673LV00007B/2108

* 9 7 9 8 8 9 7 2 4 6 8 4 7 *